scripto

Sylvie Brien

SPIRIT LAKE

Gallimard

L'auteur remercie le Conseil des arts et des lettres du Québec pour son appui financier.

L'auteur remercie également Michel Boivin pour son inestimable soutien technique, Félix Cinq-Mars, ainsi que Ghislain Drolet de l'association de Spirit Lake et le producteur Yurij Luhovy pour les renseignements qu'ils lui ont aimablement fournis.

À la mémoire de ceux
qui se sont endormis
à Spirit Lake

Note de l'auteur

La Première Guerre mondiale éclate le 6 août 1914. Deux grandes puissances européennes s'affrontent : la Triple-Alliance (Allemagne, Autriche-Hongrie et Italie) se dresse contre la France, la Grande-Bretagne et la Russie.

Des milliers d'immigrants non naturalisés en provenance de l'Empire austro-hongrois et de l'Ukraine se trouvent à ce moment-là en territoire canadien – ils y travaillent ou s'y sont réfugiés pour échapper au conflit. Le Canada, colonie de l'Angleterre, considérera néanmoins ces gens comme ennemis de l'Empire britannique. Bien que la plupart soient de simples civils, ils seront emprisonnés dans des camps de détention, dont celui de Spirit Lake.

Spirit Lake, nuit du 13 mai 1915.

Je ne dormirai plus ; j'aurai bien assez de l'éternité pour me reposer. Quelque part, à l'extérieur des barbelés, des loups hurlent. Le silence de la nuit est infernal et je ne veux rien manquer. Il me reste si peu de temps.

Un rayon de lune se faufile à travers une vitre jusqu'à mon visage, éclairant au passage l'infirmerie où, de part et d'autre des murs percés de fenêtres sont alignés nos lits de camp. De mon grabat, que je regarde vers l'avant ou que je tende la tête en arrière, je vois des milliers d'étoiles et des aurores boréales couleur d'émeraude. C'est leur réflexion sur la neige qui servira de réverbère à ma dernière nuit ici. J'aime bien les réverbères, moi. Il y en avait beaucoup à Lviv, mais la guerre les a abîmés.

11

Un parfum de camphre et d'alcool à friction se distille dans la pièce pour se mêler à celui de la cigarette que grille la sentinelle. J'ai la nausée. J'écoute avec application la respiration sifflante et saccadée de mon voisin de droite, qui vient d'être hospitalisé à deux lits du mien, et dont j'ignore encore l'identité. Bien qu'on l'ait admis en pleine nuit, ordre a été donné de ne pas allumer les lampes à huile accrochées aux poutres du plafond. L'inconnu dort dans le lit de la petite Carolka, décédée hier matin de la typhoïde. Ici, que tu sois un homme, une femme ou un enfant, que tu sois vieillard ou que tu n'aies que quatorze ans comme moi, peu importe : c'est du pareil au même. À peine mort, il faut déjà céder ta place. Je suis fatigué. J'en ai assez qu'on me surveille tout le temps.

– Ça va, Peter ?

Dans la pénombre, je reconnais le visage du soldat en faction à l'uniforme invariablement froissé, son fusil en bandoulière vissé sur l'épaule. Je n'ai jamais osé lui demander comment il s'était fait cette affreuse cicatrice qui lui tranche la joue. Entre ses lèvres, le bout de sa cigarette est comme une nouvelle étoile dans ma nuit. L'inquiétude s'allume dans ses yeux et il repousse maladroitement la mèche de cheveux humides qui m'encombre l'œil. Du bout des doigts, au cas où je serais contagieux.

– Je vais faire appeler le major Williams, décide-t-il.

Ça, c'est le médecin de garnison, l'espèce d'officier médical à l'air suspicieux qui grimace constamment comme s'il avait la migraine. J'ai mal. À nouveau, je me surprends à pousser un gémissement, l'une de ces plaintes macabres qui te glace le sang en moins de deux. Si je ne la savais pas jaillir de ma propre gorge, je crois que je me ferais peur.

Ville de Québec, trois mois plus tôt.

Ce soir du 15 février 1915, coincé entre grand-mère Zabalète et Iwan sur la paillasse miteuse, je ne dormais pas non plus. Un étrange bonheur en ligne brisée palpitait dans mon thorax. Un bonheur où culminait le soulagement de nous savoir arrivés à destination et miné l'instant d'après par cette peur sourde, viscérale, d'avoir perdu un morceau de mamie quelque part sur la mer, entre l'Europe et l'Amérique. Un morceau de mémoire, un fragment de puzzle ensorcelé qui s'effacerait et qui reparaîtrait quand bon lui semble.

– Mais cesse donc de gigoter ! Vas-tu enfin dormir, espèce de bébé à sa mamie ? s'était fâché mon frère, en m'assénant un bon coup de pied dans le mollet.

Iwan était blond, grand et robuste – tout le contraire de moi, quoi –, aussi l'admirais-je en secret. Il ressemblait à un Viking varègue, envahisseur de l'ancienne Russie, alors que moi, je tenais plutôt

13

d'un quelconque ancêtre scythe pêcheur de harengs. Les filles le trouvaient mignon avec sa fossette au menton et je ne comptais plus les fois où l'une d'elles s'était retournée sur son passage, complètement pâmée. J'avais cru longtemps qu'il savait tout parce qu'il était de cinq ans mon aîné. En dépit de ses dix-neuf ans, il était encore patient, ce qui ne gâchait rien de ses charmes. Mais quand il se mettait à ruminer, mieux valait lui obéir, et tout de suite. Ce que je fis, m'efforçant de ne plus bouger, m'arrêtant presque de respirer. Immobile, j'avais tendu l'oreille dans l'espoir d'entendre l'un des carillons de Québec, ville qui, à l'instar de Montréal, possédait certainement cent clochers. Comme l'a écrit Mark Twain, le romancier préféré de ma grand-mère, Montréal possède en effet un si grand nombre d'églises qu'il est impossible de lancer un caillou sans en érafler une. Évidemment, je tenais pour acquis que c'était la même chose ici, à quelques deux cent cinquante kilomètres de cette métropole que j'avais toute ma jeunesse espéré visiter. Mais ce soir de février, les cloches de la ville dormaient, elles aussi, frigorifiées par cet hiver qui ressemblait à s'y méprendre à celui de ma Galicie, maintenant avalée par l'Autriche-Hongrie.

Combien de jours s'étaient-ils écoulés depuis celui où nous avions quitté notre pays ? Je comptai sur mes doigts, dénombrant les mois depuis le 6 août 1914, date fatidique à laquelle la guerre avait éclaté. À l'exemple de bien des nôtres qui prévoyaient le pire, nous avions fui la ville de Lviv quelques semaines avant l'hécatombe, soit le surlendemain du double assassinat de l'archiduc François-Ferdinand et de son épouse Sophie. Ça, c'était le 28 juin. Depuis, je n'avais toujours pas compris qui étaient ces gens, ni la raison pour laquelle leur meurtre avait déclenché la guerre. Nous avions voyagé de jour comme de nuit, à pied, en train, ou en auto-stop, afin d'échapper au désastre. Varsovie, Berlin, Hambourg. La Pologne, puis l'Allemagne. Nous avions dormi dans des gares, dans des parcs, dans des granges, sous des ponts ou sous des cartons. Nous avions finalement gagné la Hollande, décidés coûte que coûte à nous embarquer sur un bateau en partance pour le Canada avec, comme principal bagage, notre rêve de liberté. Un capitaine accepterait de nous amener clandestinement en Amérique.

Terrés à Amsterdam des mois durant dans l'attente du départ, nous avions hanté de vieux bâtiments condamnés et les églises, vivant d'aumône et parfois même, en cachette de mamie, des fruits de nos menus larcins. Il m'arrivait de chanter ou de jongler aux coins des rues, tandis qu'Iwan passait le chapeau pour récolter la petite monnaie qui servirait à nous

15

nourrir. Nous n'avions depuis longtemps plus une seule couronne* en poche, nos pauvres économies ayant fondu comme neige au soleil. À l'exception, bien sûr, de celles réservées au prix élevé de notre traversée. La fièvre, le froid, la faim et la soif nous avaient fait grelotter. Mais rien de tout cela n'avait plus d'importance à présent, ce soir du 15 février : nous avions traversé l'Atlantique et le Canada nous couvait sous son aile. Tout irait bien, croyais-je. Le pire était derrière nous.

Néanmoins, ce jour-là avait été pour ma grand-mère une journée à marquer d'une pierre noire. Une émotion trop forte, une joie trop violente avaient provoqué dans sa mémoire déjà épuisée quelque chose qui ressemblait à une secousse sismique. L'incident s'était produit sur le pont encombré du navire alors que, noyés dans la foule, nous assistions aux manœuvres d'accostage. Le port de Québec déroulait devant nos yeux sa forêt de mâts et de voilures. Plus haut, sur un escarpement rocheux ceinturé d'une ancienne muraille, un château moderne montait la garde, flanqué de tourelles aux toits verdâtres. Je cherchai en vain les tipis indiens dessinés dans mes livres d'histoire.

Ce fut à ce moment pourtant si solennel que quelque chose s'était brisé dans l'esprit de mamie.

---

* Ancienne monaie ukrainienne. (Le grivna n'avait pas encore été rétabli.)

16

Sans crier gare, comme un ressort qui se détend d'un coup. Elle s'était figée au beau milieu d'un éclat de rire, le regard absent, la bouche bée. Irène Zabalète, d'une intelligence si vive, d'un humour si cinglant, venait pour la première fois de s'absenter de sa minuscule carcasse sexagénaire. Elle s'en était allée pour laisser son corps chétif habité en lieu et place par je ne sais quel être absurde.

Elle me regardait fixement, un visage irrité levé vers moi, les sourcils froncés dans une grande ride verticale qui lui tranchait le front en deux.

– Qui tu es, toi ? Le copain de Raoul ? Dis donc, Raoul, c'est ton copain ce maigrichon-là ? Ce qu'il a de grandes oreilles !

Je la considérai un moment, éberlué. Pourquoi se moquait-elle soudain du défaut physique qui m'accablait le plus alors qu'elle m'en avait toujours consolé ? Mamie avait spontanément utilisé le français, sa langue natale qu'elle nous avait enseignée et que nous parlions autant que l'ukrainien à la maison. Avait-elle bien affublé Iwan du prénom de Raoul ? Mon frère et moi nous dévisageâmes, interloqués. Un coup de poing en plein ventre ne nous aurait pas moins coupé le souffle : Raoul, le frère aîné de mamie, que nous n'avions pas connu, était mort depuis plus de quarante ans ! Mais notre grand-mère tiraillait toujours Iwan par la manche de son manteau, reprenant cette voix d'enfant impatiente qui lui venait de je ne sais où :

– Alors, Raoul, vas-tu répondre ? C'est qui, ce brunet tout maigre ? Ce qu'il est sale ! Il sent vraiment mauvais. Mau-mau-mau ! Vais-vais-vais ! Mau-vais !

Pourquoi jouait-elle ce jeu de fillette idiote ? Le temps pressait, la foule nous en traînait comme des fétus de paille. Il fallait débarquer.

– Avancez, en arrière ! Dégagez ! En file comme tout le monde et préparez-vous à descendre ! nous cria en anglais puis en français le capitaine du paquebot.

Néanmoins, je demeurais figé, pâle et bouleversé. Iwan empoigna la main de notre aïeule. Je vis ses paupières cligner et lutter contre les larmes qui serpentaient en coulisse sous ses cils.

– Bien sûr que Peter est mon copain, qu'est-ce que tu crois, p'tite sœur ? eut-il l'intelligence de répliquer en feignant une autorité cavalière. Tu vois bien, il est presque aussi grand que moi ! Suis-nous et ne pose plus de questions, hein ?

Elle esquissa une petite moue boudeuse sans oser désobéir. Nous nous rangeâmes dans la file des voyageurs. J'avais le cœur qui battait à tout rompre et mes tempes cognaient au même rythme. Les pensées défilaient à toute allure derrière mes yeux embués. Mamie, ma grand-mère paternelle adorée, celle qui

18

nous avait recueillis et élevés à la mort de nos parents, ne nous reconnaissait plus. Pour moi, ça ne faisait aucun doute, elle avait perdu la mémoire ou pis encore, l'esprit. Il fallait la faire soigner. Je m'essuyai un œil d'une manche résolue. « Bon, décidai-je, d'abord descendre de ce rafiot. Ensuite, trouver un médecin. » Des faits qui m'avaient paru anodins remontaient un à un à la surface de ma mémoire : mamie n'avait-elle pas perdu son sac à dos sur le navire pendant la semaine ? N'avait-elle pas rangé hier son dentier dans la boîte de gâteaux secs après s'être crue égarée à seulement quelques mètres de nous ? Ce matin, en l'espace d'un quart d'heure, elle m'avait demandé cinq fois quel jour on était. Elle cherchait les mots, oubliait nos prénoms. Je me sentis fautif : j'aurais dû me montrer plus vigilant, au lieu d'accuser la fatigue d'être responsable de cette drôle d'amnésie pas comique du tout. En vérité, le moment était bien mal choisi pour débarquer en Amérique.

Nous enjambâmes la passerelle pour mettre pied à terre. Il faisait froid et gris dans cette ville de Québec. L'étrange nom résonnait comme un mot autochtone, et sans doute en était-ce un. Quelques flocons de neige épars virevoltaient de-ci de-là. Vingt mètres plus loin, des hommes en uniforme montaient la garde, leurs fusils passés en bandoulière. Ils redirigeaient les passagers vers une grande bâtisse surmontée d'un écriteau, que j'étais trop las pour traduire. C'était écrit uniquement en anglais, ce qui m'étonna. Dans sa lettre, le petit-cousin Zabalète ne nous avait-il pourtant pas affirmé que le français était l'une des langues parlées du Canada?

– Les douaniers vont nous obliger à nous enregistrer parce que nous arrivons directement des États-Unis, me chuchota Iwan à l'oreille.

Sa voix tremblait un peu. Je ne trouvais aucun moyen de nous esquiver de cette longue file de condamnés d'avance parce que clandestins. D'un regard inquiet, je cherchai sans succès à reconnaître de l'autre côté de la clôture, parmi les quelques badauds et curieux, le petit-cousin qui devait brandir le drapeau de la Galicie en signe de reconnaissance. Je savais que mamie gardait dans son sac à main la précieuse lettre de l'invitation à séjourner chez ce lointain parent. Sur les quais de bois balayés par la bourrasque, nous attendîmes longtemps, grelottants, notre tour d'entrer dans cette douane sans frontière.

– Vous ne parlerez qu'en français, nous avait encore sévèrement avertis mamie l'avant-veille. Je ne veux pas vous entendre prononcer un mot d'ukrainien à Québec. On ne doit pas savoir de quel pays nous sommes issus; on pourrait croire que nous sommes des ennemis du Canada. J'expliquerai que vous venez comme moi de Paris et que vos papiers d'immigration tardent à arriver.

Ce fut à notre tour d'entrer dans le bâtiment. Il faisait chaud, mais pas assez pour qu'Iwan transpire à grosses gouttes comme s'il venait de courir un marathon de quarante-deux kilomètres. Ça lui donnait l'air louche. Et mamie qui ne retrouvait toujours pas la mémoire ! Je soupirai. À cette heure, il était vain d'espérer encore l'arrivée du petit-cousin canadien.

– *Next !* Suivant ! meugla un soldat.

Il nous fit accéder au bureau enfumé où erraient trois hommes en uniforme à petit képi. Pour notre plus grande malchance, ils étaient tous armés, évidemment. Le soir était tombé, les derniers voyageurs avaient déguerpi. Plus personne ne viendrait nous accueillir, à présent. Il faudrait nous débrouiller sans l'impeccable français de mamie pour passer à travers un tas de paperasserie.

– *Next !* répéta le militaire avec impatience.

Dents serrées, Iwan se saisit résolument de nos deux valises. J'empoignai la main de mamie Zabalète et nous nous dirigeâmes vers un pioupiou à moustaches installé à sa table, le nez plongé dans un livre de similicuir marron. Mamie se laissa choir sur la chaise placée devant lui.

– *Passport*, papiers d'identité, déclama-t-il sans même daigner nous jeter un regard.

Aucun de nous n'ayant bougé, l'homme releva la tête avec suspicion. Nous étions faits comme des rats. Il se mit à nous examiner, sourcils froncés, justement à la façon d'un boa constrictor qui se choisirait l'un de ces rongeurs comme gueuleton. Le cercle de ses trois compères se referma sur nous. « Ça y est, on nous expulse du pays », songeai-je, désabusé.

– Pas de farces avec moi, mes *bozos*, gronda le douanier. Sinon je vous *garoche* au trou.

J'arrondis des yeux incrédules.

– As-tu compris ce que ce monsieur vient de dire, mamie ? bégaya en français et à mi-voix Iwan, qui se faisait de plus en plus nerveux.

Ces quelques mots prononcés par le soldat dans l'idiome natal de notre aïeule auraient dû allumer une lumière dans sa mémoire. Mamie gardait pourtant son air hébété et boudeur. Mais Iwan insistait :

– Et toi, Peter, tu as compris ?

Je me grattai le crâne. De nous deux, c'était encore moi le meilleur en langues étrangères : un peu de tatar, pas mal d'anglais, beaucoup de français, énormément de russe.

– Pas un mot, admis-je en ukrainien sans réfléchir. Ou bien ce type a la bouche molle, ou bien il ne parle pas le français que mamie nous a enseigné. Avec ces *r* roulés, on dirait un anglais qui bousille la langue de Voltaire. J'aurais mieux fait d'apprendre le chinois, tiens!

Nous pouffâmes de rire, sans doute par nervosité, la situation s'avérant plutôt tragique. De fait, les Canadiens m'avaient à peine entendu qu'ils se mirent à grimacer.

– Encore des cosaques illégaux! maugréa le soldat à lunettes rondes. De la graine de vermine enne-mie…

Ouf! celui-là articulait déjà mieux. Ce serait plus facile d'argumenter en comprenant ce qu'il disait.

– Comment ça, de la graine de vermine? glapit soudain mamie en bondissant sur ses pieds. Vous osez nous traiter de vermine? Je vous en ferai voir, moi, de la vermine!

La vieille femme lui balança un index menaçant sous le nez. Elle était furieuse… et, sembla-t-il, parfai-tement guérie! Le soldat était maintenant rouge de confusion. Iwan et moi nous jetâmes un coup d'œil, soulagés. Mamie fouilla son sac à main puis, ayant jeté son passeport sur la table, brandit la lettre du petit-cousin. Une lettre dont l'enveloppe, lui échappant des mains, glissa malencontreusement sur la table.

– Lisez ceci! Vous saurez qu'on nous a invités dans votre pays, monsieur! Depuis quand les Canadiens menacent-il leurs alliés français? Je ferai une plainte en haut lieu, parfaitement! Vous nous avez insultés!

– Vous résidez en Autriche-Hongrie? objecta le douanier d'un air suspicieux.

Son regard était tombé sur l'enveloppe que mamie s'empressa de récupérer, et sur laquelle se lisait notre adresse.

– Bah, laissons-les partir, maugréa l'un de ses acolytes en cessant de fouiller nos valises. Elle n'est pas bien dangereuse, cette vieille dame! Moi, je ne veux pas avoir d'ennuis.

Les soldats douaniers éclatèrent de rire. Mamie renoua dignement son fichu carrelé sur sa toque grise qui s'effilochait, arrangea son châle par-dessus son manteau de drap ruisselant de neige fondue.

– L'adresse de votre cousin est erronée, ma p'tite dame, annonça l'un des hommes après avoir déchiffré le contenu de la lettre. La rue du Cinq-Février, ça n'existe pas!

Ils se bidonnaient. Mamie pâlit, soudainement décontenancée.

– Dans ce cas, vous seriez aimables de nous indiquer où nous pourrions passer la nuit, fit-elle sèchement. J'éclaircirai cette histoire demain avec ce sacripant.

– Si vous le retrouvez!

Nouveaux éclats de rire. Ils commençaient à me taper sur les nerfs, ces Canadiens. On m'avait dit qu'ils avaient un sens de l'humour spécial et la chose semblait se confirmer. De mauvais gré, l'homme griffonna une adresse sur un bout de papier et esquissa un petit plan rudimentaire.

– Il y a une auberge à quelques minutes d'ici, précisa-t-il, avant de nous renvoyer d'un geste las.

Il était tard et mon estomac semblait aussi vide que cette ville bâtie tout en pentes. Pourtant, j'avais le cœur à la fête. Je ressentais un tel soulagement d'avoir retrouvé ma grand-mère et d'avoir été admis au Canada ! Je n'aurais su dire lequel des deux événements me rendait le plus heureux. J'improvisai quelques pas de danse, mamie serrée contre moi. Puis, bras dessus bras dessous, nous nous mîmes en route à travers un dédale de rues étroites à escalader, pavées de pierres rondes et bornées de vieilles bâtisses.

– Accroche-toi bien, mamie !

D'un commun accord, Iwan et moi soulevâmes la vieille femme, l'empoignant chacun par un coude. Elle glapit de plaisir. Ni la question de son trou de mémoire, ni celle de son faux frère de petit-cousin ne fut abordée. Il fallait la ménager.

– C'est ici, annonça-t-elle bientôt, en nous immobilisant devant un immeuble délabré, éclairé par une simple lampe au gaz.

La maison d'hôtes était sombre et mal famée, les murs lézardés sentaient le moisi et l'urine, mais cela n'avait aucune importance. Émue, grand-maman acquitta le prix de notre première nuit comme si elle nous payait ce soir-là une chambre dans un hôtel de luxe. D'un naturel tout aussi optimiste, Iwan s'extasia sur l'espèce de placard sans fenêtre ni eau courante qui nous servirait d'asile. Un grand matelas éventré gisait par terre.

– Regardez, il y a même l'électricité! siffla mon frère en rallumant le plafonnier trois fois d'affilée.

– Quelle merveilleuse chaleur il fait ici! soupira la vieille femme en se laissant tomber dans l'unique chaise qui meublait la pièce.

Leur vision de l'Amérique idyllique ne s'était pas encore effritée. Les relents mêlés d'urine et de sueur des alcooliques qui habitaient l'immeuble étaient devenus des parfums de patchouli. Les flatulences provenant de la chambre d'à côté, elles, étaient les trompettes du *Canon* de Pachelbel. Et je n'aurais pas pu sortir un seul mot contre les blattes qui grouillaient dans un coin parce qu'elles avaient les yeux bleus. J'esquissai une moue résignée.

Iwan et mamie cherchaient constamment un paradis sur notre route, c'était une vraie manie. Depuis des années, il existait entre nous une espèce de duel sans fin, un jeu de « à qui serait le plus optimiste », où j'étais sans cesse, évidemment, le premier disqualifié. Et tout ce qui nous arrivait, les bons coups comme les plus durs, les chances comme les déveines, étaient forcément les cadeaux les plus beaux, les plus extraordinaires et les plus sublimes qu'ait pu nous offrir la vie. Les mots qu'Iwan et mamie employaient pour les décrire étaient d'ailleurs bourrés de qualificatifs, d'expressions, d'exclamations et d'adverbes grandiloquents. Des si, des tellement, des merveilleux, des extraordinaires pavaient notre vilain quotidien. Bref, ma famille jouait à être Dieu. Pff, quelle marotte idiote!

– Cette chambre est un vrai petit paradis, décréta mon frère en échevelant ma crinière brune.

Petit, disait-il? Minuscule, oui! Aussi grand qu'un placard à balais. J'aperçus un calendrier pendu au mur, dont la première page indiquait encore le 2 janvier, la date de mon anniversaire. L'impression d'avoir vécu à reculons pendant le voyage me donna le vertige. J'avais le cœur gros. Avec tout ce remue-ménage, Iwan et mamie avaient complètement oublié l'anniversaire de mes quatorze ans.

– Toi aussi, Peter, tu chercheras un petit boulot demain, hein? poursuivit-il. À moins que tu veuilles encore être le bébé à sa mamie?

Il s'esclaffa de sa vieille blague qui sentait le réchauffé. Néanmoins, la sempiternelle taquinerie qu'il me servait depuis dix ans ne me fit cette fois ni chaud ni froid. Je me sentis au contraire devenir vieux d'un coup. C'était la première fois qu'il me demandait si directement de l'aider à subvenir aux besoins de notre famille.

– Je cirerai les chaussures ou je vendrai des journaux, déclarai-je, peu fier mais d'un air suffisant.

– Non, tu chanteras et tu feras ton numéro de clown; c'est encore ce que tu fais de mieux, me corrigea-t-il. Je dénicherai une guitare et nous gagnerons des concours comme dans le bon vieux temps!

– Je crois que cette chambre vaut encore cent fois le cagibi sans bois ni chauffage que nous habitions à Lviv, tergiversa mamie en promenant un regard fatigué dans la chambre.

– C'est vrai, opinai-je. Là-bas, il y avait un tas de rats tandis qu'ici…

– Qu'as-tu contre les rats de Lviv? m'interrompit-elle d'un air vexé. Nous n'en avons jamais manqué. C'est une viande qui se digère très bien. Un peu sucrée, peut-être, mais… Pourquoi faut-il que tu cherches constamment la petite bête?

– « Oublier le passé, c'est se crever un œil. Le renier, c'est devenir aveugle », rétorquai-je.

– Peter est trop nerveux, répondit Iwan avec un regard chargé de pitié. Il est défaitiste parce qu'il manque de vitamines.

– Ici, c'est mieux qu'à Lviv, le coupai-je sans façon. Là-bas, les soldats nous réveillaient avec leurs tirs de mortier en pleine nuit. Ici, au moins, il n'y a pas de guerre.

Quelque chose grouilla sur mon pied, que j'écrasai impitoyablement. Crac.

– Les cancrelats ne me dérangent pas, lançai-je encore avec arrogance. Demain, je les ferai rôtir à petit feu sur le calorifère et je vous les servirai en hors-d'œuvre!

Mamie poussa un petit cri horrifié. Iwan se saisit du pot de chambre qui traînait dans un coin.

– C'est Peter qui le vide demain! décida-t-il.

Nous éclatâmes de rire en nous lançant le récipient malodorant à la façon d'un ballon de football. Puis mon regard revint à mon aïeule et mon cœur se serra d'appréhension. Affaissée sur sa chaise, elle fixait à présent le mur de briques fissuré d'un regard absent, son vieux sac à main en cuir noir serré contre elle. Le décalage horaire avait décuplé sa fatigue. Comme elle avait vieilli! Soudainement, j'eus très peur qu'elle ne meure. Je m'accroupis pour caresser sa joue amaigrie.

– Ne te fais pas de soucis, mamie, murmurai-je. Demain, nous retrouverons ton petit-cousin. Il y a sûrement une explication à ce malentendu.

Nous nous couchâmes épuisés, le ventre vide. Nos manteaux nous serviraient de couvertures.

Non, ici contrairement à Lviv, les cloches ne son-naient pas la nuit. Il n'y avait en revanche à Québec ni couvre-feu ni sirène. Allongé entre Iwan et mamie, je me sentis peu à peu heureux. Il semblait bien que le bonheur des miens était contagieux. Je touchai la main de mamie pour m'assurer de sa chaleur. Elle enserra aussitôt la mienne très fort. Soulagé, je m'assoupis enfin.

Au milieu de la nuit, un bruit terrible nous réveilla en sursaut. Je m'assis raide sur le lit. Quelqu'un venait de défoncer la porte.

– Quel abruti! Il n'avait qu'à tourner la poignée, ce n'était pas verrouillé, grognai-je.

La lumière crue du plafonnier électrique me brûla les paupières. Je vis debout devant moi quatre soldats canadiens, tous pistolets braqués sur nous.

Spirit Lake, nuit du 13 mai 1915.

Une porte grince et j'entends les pas précipités de quelqu'un qui approche. Ses semelles claquent. J'ouvre les yeux pour reconnaître dans la pénombre, à trois mètres de mon lit de camp, les silhouettes de deux soldats qui tiennent un conciliabule. De temps à autre, l'une des sentinelles tourne la tête dans ma direction, la secoue et claque sa langue par petits coups brefs. Son profil se détache alors dans la lueur du clair de lune comme une ombre chinoise. Dans le silence de l'infirmerie, les mots « urgent » et « grave » résonnent, les syllabes se fracassent sans pitié au fond de mes tympans. Le nouveau venu rebrousse chemin, la porte se referme sans bruit. Le calme, comme un matou, reprend le contrôle de son territoire. La douleur qui me tient, elle, resserre lente-

31

ment mais fermement son étau. Tu croirais qu'elle m'en veut.

À nouveau, Québec, cette terrible nuit du 15 février dernier. Avec quatre fusils braqués sur mamie, sur Iwan et sur moi.

– Les mains derrière la tête! Que personne ne bouge!

Je compris ce que peut ressentir un lapin qu'un chasseur met en joue: vulnérable et complètement idiot de ne pas avoir vu venir le coup. On nous aligna sans ménagement tous trois contre un mur. Un soldat vida le sac à main de grand-mère par terre pour s'emparer de sa carte d'identité. La petite médaille bénite qu'elle s'était procurée à l'église Saint-Nicolas-de-Krivka alla rouler dans un coin. Nous la suivîmes tous des yeux.

Le militaire remit aussitôt le passeport de mamie à son commandant, qui était le seul à porter un imperméable noir et des bottes cirées montant haut sur les mollets. À son accent, je devinai que l'officier était un Canadien anglais.

– Irène Zabalète, soixante-deux ans, lut-il dans un français quasi impeccable. Vous êtes française?

– Parfaitement, répondit-elle d'un ton cassant.

– Et ces deux-là?

– Ce sont mes petits-fils, Iwan et Peter Zabalète. Ils attendent leurs certificats canadiens de naturalisation. Je les élève depuis la mort de mon fils et de sa femme.

– Zabalète ? Tiens, tiens, voyez-vous ça...

Il émit un petit ricanement jaunâtre, qui signifiait « espèce de menteuse », sortit de sa poche un calepin rigide qu'il feuilleta avec attention.

– Iwan Nikolaiczuk, dix-neuf ans. Peter Gaganovitch, quatorze... non, plutôt dix-neuf ans, déchiffrat-il d'une voix froide, les yeux tout plissés. Nos services de renseignements sont formels : ils sont tous deux austro-hongrois, c'est-à-dire ennemis de l'Empire britannique et du Canada. Il n'existe aucun lien de parenté entre vous trois.

Ce disant, il nous jeta un coup d'œil à la fois vainqueur et hargneux.

– Il y a erreur, bafouilla ma grand-mère.

Elle pâlissait à vue d'œil. On eût dit que le sang, telle une marée, se retirait peu à peu de ses joues.

– Ce général se trompe, n'est-ce pas, mamie ? intervint Iwan.

Je devinais un affreux doute dans la voix de mon frère ; il chevrotait et je lui en voulus. Le commandant le fixa aussi durement que moi.

– Nous n'accusons jamais sans preuves, reprit le militaire en haussant le ton. N'auriez-vous pas oublié votre sac à dos sur le bateau, Iwan Nikolaiczuk? Un sac à dos en toile beige qui contenait votre certificat de naissance et celui de votre compatriote?

Évidemment, mon frère nia avec force. Le seul sac que nous avions perdu était celui de grand-mère. Ce fut à ce moment que celle-ci éclata en sanglots. Je lui empoignai la main, comprenant confusément que ces larmes constituaient pour nous une sorte d'aveu.

– Le gouverneur du Canada ordonne depuis octobre l'enregistrement de tous les étrangers de nationalité ennemie qui entrent au pays, poursuivit froidement l'officier. Ce que vous avez omis de faire. Ces jeunes blancs-becs ne sont pas plus français que moi, mais bien austro-hongrois. Je dirais même plus: ukrainiens et révoltés. Vous êtes tous coupables de fausses déclarations.

Il nous pointa, Iwan et moi, d'un véhément coup de menton.

– Fouillez-moi ça, ordonna-t-il à ses hommes.

Je me remémore encore parfaitement aujourd'hui l'allure de ce militaire, que je pourrais reconnaître entre mille: âgé de trente-cinq ou trente-six ans, il était haut sur pattes et plutôt grassouillet. Il portait de petites lunettes rondes en métal doré et avait le cheveu dru, gras et brun. Au cours de cette fouille, je me débattis un peu, bien sûr, par principe. On me tâta les jambes, les côtés, les aisselles, puis l'entrejambe. L'un des hommes se saisit finalement de mon canif que je transportais invariablement dans la poche arrière de mon pantalon.

L'objet avait appartenu à mon père ; en outre, c'était l'unique souvenir que je gardais de mes parents défunts. Ce petit couteau était muni d'une lame rétractable, avec une lime à ongles et un tire-bouchon intégrés. Cela aurait été fort pratique si j'avais eu un jour à m'en servir. Je fis un geste pour tenter de récupérer mon héritage. Mais le sans-grade qui m'avait si bien tâté le brandit à bout de bras au-dessus de sa tête.

– Celui-là est armé, général Wotton ! cria-t-il d'un air affolé.

– On ne fait pas de quartier à ceux qui sont pris l'arme à la main. Internez-moi ces deux idiots ! ordonna l'officier.

– Au camp de détention de Beauport, monsieur ?

– Non : à celui de Spirit Lake. Le train part justement dans deux heures avec un nouveau contingent de prisonniers.

– Mais Peter est mineur ; il n'a que quatorze ans ! protesta mamie avec véhémence.

– Vous n'allez pas m'apprendre à distinguer un neuf d'un quatre, Irène Zabalète ! tonna l'autre. Je sais encore lire, voyez-vous !

Ce fut la bousculade. Un coup de crosse en plein visage m'assomma à moitié. Poignets tordus dans le dos, puis menottés l'instant d'après par-devant, on nous fit dévaler les escaliers pour nous traîner, Iwan et moi, jusqu'aux deux véhicules militaires stationnés en face de la maison d'hôtes. En dépit de l'heure tardive, le trottoir et la devanture étaient bondés de curieux.

Les voitures de l'armée canadienne ressemblaient à la Ford modèle T dont j'avais vu l'annonce placardée sur un mur du transatlantique, une annonce découpée dans le journal qui répertoriait les soldats britanniques morts au combat. Un soldat m'appuya à deux mains sur le crâne pour me forcer à m'introduire dans l'un des véhicules. Je me cramponnai à la portière arrière et me tournai vers Wotton, qui, bras croisés, assistait à la scène d'un air satisfait. Derrière lui, mamie pleurait, son pendentif contenant la photographie de papi serré sur son cœur. Je reconnus à ses côtés le brigadier à petites moustaches qui s'était bidonné à notre arrivée à Québec. Pris de remords ou de doutes quant à notre identité, il nous avait sans conteste dénoncés aux autorités par crainte d'éventuelles représailles. Je m'en voulais terriblement. Tout était ma faute : si je n'avais pas désobéi en parlant l'ukrainien devant les militaires canadiens, rien de tout cela ne serait arrivé.

– Ma grand-mère est malade, lançai-je avec précipitation à Wotton. Qu'est-ce qu'elle deviendra toute
seule dans votre grand pays?

– N'ayez crainte, mon garçon. Je veille toujours
personnellement sur les traîtres, répondit-il avec un
sourire angélique. C'est pour moi un devoir d'État,
voyez-vous? Et cessez d'appeler cette femme votre
grand-mère, vous m'énervez!

Il me claqua la portière au visage. Les automobiles
démarrèrent et, tel un cortège funèbre dont Iwan et
moi aurions été les principales vedettes, elles s'enga-
gèrent en file silencieuse dans la rue étroite. La
mienne suivait de près celle dans laquelle paradait
Iwan.

Il n'y eut pas longtemps à rouler pour se rendre à
la gare. Dix minutes, peut-être moins. Mais ce fut
bien assez pour que la vérité m'éclate dans le ventre
comme un obus. Assis à l'arrière de la voiture entre
mes gardes du corps, je pris subitement conscience
de l'importance des mots qui venaient d'être prononcés à bâtons rompus entre le général Wotton et
mamie. Chacune des répliques passa et repassa dans
ma tête, comme un disque rayé sur un gramophone.

– Iwan Nikolaiczuk, dix-neuf ans. Peter Gaganovitch, quatorze, ou plutôt dix-neuf ans. Nos services
de renseignements sont formels: il n'existe aucun
lien de parenté entre vous.

« Mon nom est Peter Gaganovitch, non pas Peter Zabalète, me répétai-je. Iwan n'est pas mon frère. Mamie n'est pas ma grand-mère. »

Je nous revis tous trois dans notre minable cagibi de Lviv. En dépit de notre grande pauvreté, nous y vivions parfaitement heureux jusqu'au jour où la guerre des guerres avait éclaté. La tenace certitude d'être aimé de grand-mère et d'Iwan avait été pour moi un bouclier contre le malheur. Cette confiance quasi aveugle avait effacé toutes les aspérités de notre misère. Elle avait atténué les nuits glaciales, où, sans bois ni chauffage, serrés les uns contre les autres pour nous réchauffer, nous nous racontions des histoires fabuleuses jusqu'aux premières lueurs de l'aurore. Ce puissant amour avait gommé la sensation de la faim, sublimant même le goût des rats pris au piège dans la cage d'escalier et que grand-mère Zabalète, chef hors pair parce que française, cuisinait à la façon du lapin aux pruneaux. Nos éclats de rire avaient enterré la déflagration des bombardements et des attaques entre les Russes et les Autrichiens qui s'arrachaient la ville, dissous l'odeur de la chair grillée, éteint les bruits des rafales et des pétarades des fusillades au bout de la rue, des hurlements des sirènes et des gémissements des blessés. Enfant, la main de mamie et celle d'Iwan dans les miennes, j'étais persuadé que rien de mal ne pouvait m'advenir. Et rien ne m'advenait non plus.

Contrairement à l'histoire complexe de l'Ukraine qui me répugnait à cause de ses frontières mouvantes – *Ukraina* signifiant justement « pays frontière » –, celle de notre famille, elle, parce que coulée dans le béton, me plaisait bien. Au cours d'un voyage en Galicie, la petite institutrice blondinette de Paris qu'avait été Irène Galant était tombée follement amoureuse d'un dénommé Joseph-Arthur Zabalète, un Français nationalisé autrichien beau comme un dieu et auquel, au dire de mamie, je ressemblais beaucoup. Ils s'étaient mariés un mois plus tard à Lviv – devenu Lemberg en allemand –, incapables de résister au grand amour qui les consumait. Grand-père était mort de la tuberculose quelque temps plus tard, sans même connaître l'enfant qui lui naîtrait. Cet enfant, c'était mon père, naturellement.

Ma grand-mère gardait encore de son mari une photographie qu'elle portait en pendentif, dans un minuscule, mais très joli cœur d'or.

– J'ai élevé votre papa toute seule en exerçant des emplois précaires. Puis à la mort de vos parents dans un accident ferroviaire, je vous ai pris en charge, toi et Iwan. La nuit, j'écrivais des articles pour des journaux révolutionnaires, nous avait-elle toujours affirmé.

« Mon nom est Peter Gaganovitch, pas Peter Zabalète. Iwan n'est pas mon frère. Mamie n'est pas ma grand-mère. L'histoire de ma famille est une pure invention », me répétai-je.

Les yeux écarquillés sur mes bottines, j'absorbai le choc de la vérité. Puis j'éclatai en sanglots, le visage enfoui dans mes mains menottées. Je venais à tout jamais de quitter l'enfance.

Spirit Lake, nuit du 13 mai 1915.

Je ne crains plus la noirceur depuis que mamie vient me visiter la nuit. Comme elle le dit si bien, il faut savoir supporter l'obscurité si l'on veut un matin. La lumière existe parce qu'il y a l'ombre, le bien existe parce qu'il y a le mal. Moi, je crois que la mort est une sorte d'aube.

Je sens sous mon oreiller le cahier et le crayon à mine que j'y camoufle, achetés à mon arrivée à la cantine de Spirit Lake avec le salaire de ma première semaine de travail pour le gouvernement canadien. Il y a tout juste trois mois de cela. Ça fait une petite bosse dure dans mon cou, une bosse qui me fatigue un peu et qui court-circuite mon sommeil. J'ai à peine noirci quelques lignes de ce calepin. À présent, c'est mamie qui prend la relève et qui y note tout ce qui se passe ici. À condition, bien sûr, que je me sente d'attaque pour le lui dicter.

Grand-mère Zabalète vient toujours à la même heure, quand la lune glisse dans le deuxième carreau à la droite de mon lit. Hier, en ouvrant les yeux, je l'ai vue installée à mon chevet, sur la petite chaise droite que le major Williams utilise quand il vient m'ausculter. J'étais surpris de ne pas l'avoir entendue entrer. Elle tricotait avec application, silencieuse et patiente, ses aiguilless allant et venant dans la pénombre dans un doux bruit de tic-tac. Ce tricot, c'est un chandail rouge qu'elle confectionne pour moi. Elle avait revêtu la robe d'été à fleurs bleues si délicates qu'elle portait à Lviv, avec son chapeau blanc à plumes de paon. Je ne connaissais pas mamie si coquette. Je l'ai trouvée très belle, bien que j'aie eu peur qu'elle prenne froid. Le mois de mai semble aussi froid que celui d'avril, dans ce pays. Constatant que je m'étais éveillé, elle a déposé son tricot sur ses genoux pour m'esquisser son sourire le plus tendre. J'ai senti la chaude caresse de sa main dans mes cheveux et j'ai fermé les yeux, heureux et rassuré. Je n'avais plus mal. J'aimerais bien qu'Iwan vienne me visiter, lui aussi, s'il le peut.

Québec, aube du 16 février 1915.

La locomotive mugit et un brouillard noir très dense s'éleva dans la nuit qui pâlissait, expiré par les naseaux de ferraille. Accrochés aux flancs de l'engin, douze wagons mixtes, dont une moitié servait à la marchandise et l'autre aux passagers, s'étiraient sous la fumée étouffante du charbon.

Procédures expéditives, nouvel examen de nos pièces d'identité, re-fouille. Les militaires ne perdirent pas de temps pour nous conduire, du bout de leurs fusils à baïonnette, jusqu'au tortillard du Chemin de fer national transcontinental. Ils nous poussèrent dans la troisième voiture, celle qu'on nous attribuait pour le voyage. Le marchepied métallique qui permettait d'accéder au couloir d'intercirculation était couvert d'un verglas épais, presque noir. Ma bottine dérapa et je m'étalai de tout mon long aux pieds de mes sbires. Il y a des jours où tout va mal et ce 16 février 1915 comptait parmi ceux-là.

– Allez, hop, debout ! pouffa un soldat hilare en me piquant sans ménagement avec son arme.

J'aurais bien voulu obéir mais une douleur aiguë m'irradiait toute la jambe. Je grimaçai sans parvenir à me relever. Le hurlement infernal du train nous fit tressaillir. Des militaires me hissèrent finalement en haut de l'escalier puis, clopin-clopant, franchirent le couloir pour me larguer par terre, au milieu de la cabine gardée par un de leurs collègues. Le wagon était surpeuplé. La cinquantaine d'hommes, de femmes et d'enfants qu'on y gardait prisonniers se turent brusquement, tous yeux rivés sur moi.

Le compartiment était divisé en huit sous-sections, chacune meublée de deux banquettes et d'une table. Chaque cellule – c'était le cas de le dire – pouvait accueillir six passagers adultes, soit trois par siège. Dans un coin, un ridicule poêle parvenait bien mal à réchauffer tout ce beau monde. Il ne restait de toute évidence aucune place assise pour nous. Iwan me traîna à bout de bras près d'une grande fenêtre verticale jouxtée au couloir d'intercirculation qui menait à l'autre wagon, espace où s'empilaient, pêle-mêle, des caisses en bois sur lesquelles nous nous empressâmes de nous asseoir.

– Pas mal, ton petit numéro de diversion, mais ça ne prend pas! me lança le geôlier d'un ton gouailleur.

Je me renfrognai. Assis dans le carré de l'autre côté de l'allée, un élégant businessman, pas loin de la cinquantaine. me dévisageait, les lèvres pincées. Habillé d'un manteau de laine couleur chameau, d'un melon de feutre, d'un cache-col et de gants de cuir, il n'était pas à la mendicité comme Iwan et moi l'étions, celui-là! Je rencontrai le regard bleu acier et courroucé de la jeune femme qui l'accompagnait et que je crus être sa très jeune épouse. Elle était d'une grande beauté. Tout aussi pâles que ceux de son compagnon, ses magnifiques cheveux ondulés lui tombaient aux épaules, encadrant son visage comme la crinière d'un félin. Elle surprit mon regard. Détournant aussitôt le sien, elle pinça les lèvres en faisant mine de m'ignorer. Cela fit naître sur son long front une minuscule ride d'exaspération. Près du couple, vissé à la vitre, un homme aux joues rondes et cramoisies me lança un sourire contraint. Il avait de grosses mains d'ouvrier et des vêtements crasseux et râpés, usés jusqu'à la corde. Sa corpulence ainsi que sa jovialité me convainquirent qu'il venait comme nous de l'Ukraine. Les portières claquèrent et le silence tomba.

Je me sentis pris au piège. Il me fallut lutter un moment contre le sentiment vaporeux d'angoisse qui montait à ma tête. Le train se mit en branle pour prendre peu à peu sa vitesse de croisière. J'essuyai un carreau avec le plat de ma main, et j'eus tout juste le temps d'apercevoir le général Wotton dressé sur le quai. Je tentai d'allonger ma jambe.

– Je crois que c'est cassé, grognai-je en pâlissant sous la fulgurance du mal.

– Enlève ta bottine avant que ça enfle, dit alors dans mon dos, et en ukrainien, une belle voix d'homme posée.

Je tournai la tête vers mon interlocuteur qui, debout dans le couloir d'intercirculation, m'examinait d'un regard futé et inquisiteur. En dépit de sa trentaine avancée, ce type roux, grand et efflanqué, me fit tout de suite bonne impression.

– Je suis vétérinaire, expliqua-t-il au soldat dans un anglais châtié. S'il n'y a pas de médecin à bord, je me propose de soigner ce garçon sur-le-champ.

D'un hochement de tête, le militaire consentit à sa demande en caressant le fusil à baïonnette qu'il portait en bandoulière. L'Austro-Hongrois traversa vers notre wagon.

– Mon nom est Nikolay Kapp, dit-il.

Il serra la main des gens assis dans la cabine juxtaposée à notre tas de caisses, nous fixant tour à tour droit dans les pupilles. Aucun n'osa se défiler et certains se crurent même obligés de se présenter à leur tour, soit en « grand » russe – le vrai russe –, soit en « petit » russe, c'est-à-dire en ukrainien. J'appris ainsi que le quadragénaire que j'avais d'abord pris pour un millionnaire s'appelait Emmet Zeller et qu'il était dentiste. Il voyageait avec sa fille unique, Tatjina, une pianiste de concert qui s'apprêtait à épouser un lointain cousin d'Hambourg, naturalisé canadien depuis peu. Les Zeller étaient allemands, parlaient russe et avaient été arrêtés en voyage, à la suite d'une « impardonnable méprise », alors qu'ils se rendaient au palais de justice pour signer les derniers papiers de citoyenneté de la jeune fiancée. Quant au sympathique rougeaud, c'était un mécanicien qui portait le prénom plutôt impopulaire de Jozef. Jozef Heilik. Comme nous, il était austro-hongrois, mais venait en revanche de la région de Bucovine. Il avait été arraché aux siens à la frontière, un peu à la façon dont nous venions nous-mêmes d'être séparés de grand-mère. Il nous expliqua qu'un douanier canadien lui avait demandé de lui verser sous la table deux dollars par mois pour estampiller son permis de séjour. Comme le mécanicien avait refusé, on l'avait embarqué pour Spirit Lake.

– Sale corruption... grognassa tout le monde.

Le vétérinaire revint vers moi et s'accroupit pour m'aider à retirer ma bottine. Je serrai les dents aussi fort que les poings.

– Tu n'auras pas besoin de calmant! me nargua-t-il gentiment.

L'odeur nauséabonde que dégageait mon pied emplit en effet toute la section du wagon en moins de deux. Tatjina fronça son beau nez droit avec dédain, un doigt ganté posé sous ses narines. Le docteur Kapp m'allongea la jambe avec précaution, me tâta doucement les orteils, le mollet, puis le genou.

– Ça semble foulé, annonça-t-il. Je vais immobiliser ton péroné et ton pied en attendant qu'un médecin canadien puisse t'examiner. Ton camarade aurait-il l'obligeance de me prêter sa ceinture et son écharpe de laine?

Iwan s'empressa d'obéir et le nouveau venu se mit à m'atteler le pied et le mollet. Mon front se mouillait de sueur. Je fermai les yeux et serrai les lèvres. Par orgueil, je retins un hurlement, la totalité des occupants du wagon ayant les yeux braqués sur moi. Dans les minutes qui suivirent, je réalisai que la douleur avait diminué du tiers pour devenir enfin tolérable. Je remerciai le médecin.

– Repose-toi bien, me conseilla Nikolay Kapp avant de regagner sa banquette.

Le convoi ralentit son allure devant la minuscule gare de Charny, puis, sans même s'y arrêter, reprit sa pleine vitesse. Les soldats nous distribuèrent un peu de pain, de l'eau et des biscuits secs, qu'Iwan et moi dévorâmes avec la voracité et les grognements d'hommes des cavernes. Nous n'avions rien mangé depuis la veille, aussi aurions-nous avalé n'importe quoi. Je laissai finalement fuser un long soupir : je n'avais plus ni très faim, ni très soif, mais juste froid et terriblement sommeil. À voir les yeux cernés et bouffis qui se fermaient autour de nous, je ne doutais pas que la nuit ait été pareillement agitée pour tous les voyageurs.

Les murmures baissèrent d'un cran. Je me calais contre l'épaule de mon frère, m'apprêtant, à l'exemple de Zeller et de Jozef, à faire une petite sieste, quand je surpris Tatjina et Iwan qui se regardaient fixement dans un silence troublé.

– Don Juan à la gomme, grommelai-je.

Je détournai la tête vers le paysage qui défilait par la fenêtre. Les poteaux de télégraphie me fouettaient les yeux. Dehors, la ville fit lentement place aux villages et aux forêts. Pas de grandes prairies ou de steppes bornées de hauts sommets comme en Galicie, mais plutôt des taïgas de conifères et de feuillus, encadrées de petites collines. Bien que celles-ci n'aient rien à voir avec le massif montagneux des Carpates, elles étaient tout aussi jolies. La tête appuyée sur l'épaule fraternelle, je fermai à demi les yeux en me concentrant sur le roulis du train. J'en cherchai le rythme et comptai le schéma que formaient les joints et les rails au passage de notre convoi. Une à cinq, deux fois. Une à trois, une fois. Une à cinq, deux fois. Encore aujourd'hui, je trouve que rien n'est plus apaisant ou soporifique que le roulement d'un train. Je luttai contre l'endormissement, m'efforçant d'ouvrir sporadiquement les yeux pour ne rien manquer du spectacle de mon premier jour qui se levait sur le Canada. Entre chaque mouvement de paupière, on eût dit que le soleil montait par interstices. Le ciel devint rose, les maisons de plus en plus rares et de moins en moins belles. Ces isbas firent lentement place à d'immenses étendues blanches striées de vagues bleutées, qui rejoignaient l'horizon en d'extraordinaires dégradés de mauves et de violets. J'eus soudain l'impression que ces champs de neige s'étaient métamorphosés en une mer immobile, une mer de glace. Un panneau indicatif annonçait plus loin la gare de Drummondville. Ce nom me parut bien exotique.

– Avoue que tu n'avais jamais pensé voyager en première classe et voir autant de pays gratis ! murmura mon frère en me poussant du coude, sans quitter la fille de Zeller des yeux.

Première classe, disait-il ? Je grognai, trop épuisé pour répliquer. Iwan m'épaterait toujours. Et sans doute se retenait-il à deux mains pour ne pas applaudir l'extraordinaire promenade en automobile Ford qui l'avait mené jusqu'à la gare ! En vérité, j'aurais bien voulu, comme lui, dénicher tout ce qui était beau dans les choses les plus affreuses. Jamais il ne se laissait abattre ni ne tombait dans le découragement. « Tout est bien », avait-il l'habitude d'affirmer, à l'instar de mamie. « Rien n'arrive par hasard. »

– Tu vas rester mon frère toute ma vie, n'est-ce pas Iwan ? demandai-je d'une voix pâteuse et endormie.

Il posa une main sur mon épaule.

– Juré craché, à la vie à la mort, Peter. Nous serons toujours des frères. Les frangins qu'on choisit sont bien meilleurs que les vrais, ceux de sang, que les parents nous imposent. Moi, je connais des tas de gens qui ont des frères ou des sœurs qu'ils détestent et qu'ils vendraient pour pas cher!

J'amorçai un sourire puis, changeant brusquement d'idée, je le toisai avec gravité:

– Mamie nous a menti.

– Je suis persuadé qu'elle avait ses raisons, rétorqua-t-il. Aussi loin que je me souvienne, c'est toujours elle qui s'est occupée de toi et de moi. La musique, la littérature, l'art, elle nous a tout appris. Tu te rappelles les concerts et les opéras auxquels nous avons assisté, cachés sous des estrades? Mamie a été plus qu'une grand-mère pour nous, Peter: elle a été une véritable mère. Elle n'avait que quarante-huit ans lorsqu'elle nous a recueillis à la mort de nos parents.

– Je n'étais alors qu'un bébé, mais toi, tu avais cinq ans à ce moment-là, insistai-je. Tu ne te souviens vraiment de rien de ce qui aurait pu se passer?

Il ferma un moment les yeux avec indolence.

– Rien de rien, le trou noir, à l'exception du visage de ma mère morte. Comme elle était belle! J'ai été terrifié en baisant son front glacé et j'ai hurlé. C'est flou. Autour de moi, je ne voyais que des jambes d'adultes. On m'a mené dans une grande bâtisse où les enfants pleuraient. Une méchante femme est venue me chercher. Puis mamie a été là, avec toi. Elle nous racontera elle-même cette saga quand cette fichue guerre sera terminée.

Il détourna la tête pour admirer le paysage à travers la fenêtre givrée. Je crois qu'il s'efforçait de ne pas pleurer. Il m'aurait été vain d'argumenter ou d'évoquer les pertes de mémoire d'Irène Zabalète ainsi que le danger très réel de ne plus la revoir. Plus je réfléchissais, plus l'angoisse montait. D'innombrables questions me nouaient la gorge pour m'encombrer le thorax. Dans quelle prison l'avait-on menée? Avait-elle suffisamment chaud et de quoi manger? À moins que ce général Wotton l'ait tout bonnement fait expulser du Canada... Peut-être mamie était-elle à nouveau amnésique, morte de peur, toute seule et abandonnée, au fond d'une ruelle? Et surtout, surtout: comment réussirions-nous à la retrouver une fois libérés de ce camp de Spirit Lake? J'essuyai en catimini les larmes de chagrin et d'inquiétude qui me lavaient l'âme à grande eau. Épuisé, je m'endormis pesamment en contemplant, à travers la vitre givrée de fleurs, la neige rosée qui chapeautait les forêts de sapins et de feuillus dénudés.

Quand je rouvris les paupières en sursaut, il faisait à nouveau nuit. J'avais rêvé des habitants de la lune, aussi crus-je encore cauchemarder. Mais non, je ne rêvais pas puisque les roues du train tournaient sous mes pieds et que la vitre blanche encadrait toujours un morceau de forêt brumeuse. La douleur de ma jambe avait presque disparu. Assis dans le carré juxtaposé à notre tas de caisses, Iwan jouait aux cartes avec Jozef Heilik. Il avait tiré un cageot pour s'asseoir dans l'allée, en bout de table.

Iwan me dit en riant que j'avais dormi douze heures d'affilée d'un sommeil de brute, ce qui me surprit. L'atmosphère du wagon était pourtant des plus animées : une dizaine de passagers, hommes et femmes, conversaient debout dans l'allée, tandis que d'autres lisaient le journal ou jouaient aux cartes, surveillant du coin de l'œil les gosses qui empilaient des jeux de cubes sur les tables. Plusieurs femmes promenaient leurs bébés. La sentinelle qui gardait la porte fumait une cigarette d'un air tranquille. Aucune révolte, aucun grincement de dents. Ce périple ressemblait à un voyage d'agrément, et cette attitude avait de quoi surprendre. « Ces gens ne réalisent pas qu'ils seront incarcérés ; ils font une confiance aveugle aux Canadiens », me dis-je avec étonnement. Dehors, bien que la nuit soit claire, il était impossible d'y voir quoi que ce soit tant les rafales soufflaient.

– À l'exception de Montréal, tu n'as rien manqué, Peter ! s'exclama mon frère, la tête tournée vers moi. Une dizaine de stations enneigées, dont celles de Joliette, de Shawinigan et de Hervey, et des arbres, des arbres, encore des arbres !

– Et des poteaux télégraphiques ! compléta le

mécanicien avec un soupir. La végétation rapetisse à mesure qu'on monte vers le nord, une vraie taïga sibérienne! Il n'y a plus de villages ni de cabanes depuis longtemps. Là où on nous mène...

– Au milieu *dé* nulle part, grognassa à côté de lui le dentiste, un cigare éteint entre les dents. On nous traite comme de *féritables* criminels!

– Ces Canadiens ont donc tellement peur que nous nous évadions? gémit Tatjina.

Elle avait retiré son chapeau et triturait nerveusement la chaîne de son minuscule sac à main perlé déposé sur ses genoux, sur sa jupe de velours vert bouteille. Ses sourcils châtains se croisèrent pour former un étrange accent circonflexe. Je la trouvais très jolie, mais elle m'était pour je ne sais quelle raison plutôt antipathique. « Il me semble que je l'ai déjà vue quelque part, celle-là, me dis-je. Peut-être est-ce une espionne dont j'ai admiré la photographie dans un journal. »

– C'est précisément pour cette raison qu'on nous expédie au camp de détention de Spirit Lake, chère demoiselle, répondit aimablement le vétérinaire, qui s'approchait de notre groupuscule. Aucun de nous ne pourra s'en évader puisque cinq cents kilomètres de forêt séparent la région de l'Abitibi du monde civilisé. En d'autres mots, on va nous parquer dans un *no man's land*...

« "Terre d'aucun homme", traduisis-je pour moi-même. Ça promet, vraiment. »

– Spirit Lake signifie « lac de l'Esprit », admit-elle d'un air lugubre. L'endroit doit être hanté par les spectres des malheureux qui ont tenté de fuir.

Kapp hocha lentement la tête puis, après un regard satisfait sur ma jambe, se laissa tomber près de moi sur ma caisse. C'était bien la dernière place inoccupée qui restait dans cette boîte à sardines.

– On ne nous donnera guère le temps de préparer des plans d'évasion, fit-il. Nous serons trop occupés à défricher ce territoire perdu et à mettre en place la ferme expérimentale de l'après-guerre du gouvernement canadien.

– *Fous* semblez bien *invormé* sur les conditions *dé* notre *captifité*, docteur Kapp, marmonna Zeller en mâchouillant son cigare. À croire que *fous* frayez avec l'ennemi malgré *fotre* nom allemand !

Les coups volaient bas. Le dentiste avait une dent contre Kapp, dirait-on dans un mauvais jeu de mots. Tout le monde savait qu'Allemands et Ukrainiens ne s'entendaient guère, mais le moment était bien mal choisi pour en faire une démonstration pratique.

– Je suis favorable à la politique britannique, répliqua l'autre. Mon grand-père était allemand, certes, mais moi je suis autrichien de langue ukrainienne et fier de l'être.

– *Ch'aurais* dû me douter que *fous* étiez d'une race *vaible*, ricana Emmet Zeller. Quand on *prévère* soigner les chiens plutôt que les humains…

– Les imbéciles ou les traîtres ne sont pas toujours ceux que l'on croit : je ne pense pas vous avoir vu lever un doigt pour soigner le jeune Peter.

J'éclatai de rire tandis que Tatjina poussa un petit cri offusqué. En même temps, bizarrement, je crus la voir retenir un sourire narquois. Le dentiste se renfrogna dans un silence rébarbatif.

– Et quand arrivera-t-on dans notre petit paradis, doc ? demanda Iwan en s'étirant.

– Au mieux, demain après-midi, répondit Nikolay Kapp. Au pis…

Il n'acheva pas sa phrase, le train s'immobilisant brusquement. Tous se précipitèrent aux fenêtres pour voir ce qui se passait sur la voie. Le soldat en faction se cramponna à deux mains à son revolver.

– Que chacun regagne sa place, ordonna-t-il d'une voix forte, avec son arme qui se promenait sur nous.

– Je gage que les rails sont encombrés par la neige, lança Iwan. Nous imaginez-vous, jolie Tatjina, bloqués ici, au milieu de nulle part ?

Il laissa débouler un grand rire, auquel je fis chorus. La jeune femme paraissait terrifiée. Son regard pénétra alors celui d'Iwan, s'y emmêla, s'y accrocha. Ils se regardèrent à nouveau sans parler. Je réalisai soudain que tous deux avaient le même âge. Furieux, j'assénai à mon frère un grand coup de coude dans le côté droit.

– Fais pas l'idiot! marmonnai-je à l'oreille de ce Casanova à la manque.

– N'ayez pas peur, ma chère enfant, laissa tomber Zeller. Ce *faurien* d'Ukrainien *fous* fait une *maufaise* blague.

Néanmoins, mon frangin avait raison: la tempête qui faisait rage empêchait le train de poursuivre son périple vers l'enfer nordique. Au risque de geler sur place, il fallait au plus vite déneiger la voie ferrée.

– Tous les hommes valides à la pelle! hurla un militaire.

Iwan, Jozef Heilik ainsi que le docteur Kapp s'empressèrent d'obéir aux ordres, mais le dentiste, lui, se fit un peu forcer la main. On me dispensa de corvée à cause de ma blessure et je demeurai dans le wagon avec Tatjina, une poignée de dames, une dizaine de marmots et deux bébés qui pleuraient à fendre l'âme. À travers les vagissements, j'avais peine à discerner, dehors, les ordres qui déboulaient en anglais et les coups de pelles qui leur succédaient. Soudain, un coup de feu retentit. Puis un autre. Mon cœur s'arrêta net.

Je crus d'abord à une tentative d'évasion. « Iwan ne m'aurait jamais fait ça, il ne m'aurait pas abandonné ici », me dis-je, ce qui ne me rassura qu'à moitié. Autour de moi, les mères de famille s'étaient mises à se lamenter et à pleurer autant que leurs nourrissons. J'eus le stupide réflexe d'accrocher mon regard à celui, tant bleuté que buté, de Tatjina Zeller. Contrairement à nous, la jeune femme avait à peine tressailli, calme et résignée. De toute évidence, elle n'éprouvait rien de l'inquiétude morbide que nous ressentions pour la vie des nôtres. « Elle n'aime pas son paternel », pensai-je. Elle gardait les mains croisées sur son sac à main. Je remarquai alors qu'elle ne portait pas de bague de fiançailles. Elle intercepta mon regard et cacha aussitôt ses longs doigts avec un soupir d'agacement.

– Les soldats nous ont confisqué tout notre argent et nos bijoux, m'informa-t-elle.

– Il est joli, ce sac, répondis-je pour me donner contenance.

– Il me vient de ma mère. C'est une amie française qui le lui avait offert.

Le bruit des pelles reprit avec cadence, ce qui nous tranquillisa. Quelques minutes plus tard, les voyageurs regagnaient la voiture numéro trois, aussi excités que des enfants qui reviennent du cirque. Mon frère gesticulait plus qu'à l'accoutumée. Il se laissa tomber sur une caisse, près de moi.

– La forêt est infestée de loups, nous raconta-t-il, l'œil brillant. Une meute nous a encerclés. Un gros mâle est même venu me renifler. Les carabiniers ont dû le faire déguerpir à coups de fusil !

– Il y a de quoi décourager toute tentative d'évasion, marmonna Jozef avec un coup d'œil oblique au dentiste. Celui qui tenterait l'aventure se ferait bouffer tout cru en moins de temps qu'il n'en faut pour le dire. N'est-ce pas, docteur Zeller ?

Celui-ci était blanc comme un drap. Il tamponnait son immense front dégarni avec un élégant mouchoir de soie. Nous comprîmes tous qu'il avait tenté de prendre la poudre d'escampette.

Spirit Lake, nuit du 13 mai 1915.

Un froissement de tissu. Je m'empresse d'ouvrir les yeux et aussitôt, la déception m'envahit. À mon chevet, ce n'est pas mamie, encore moins Iwan. Je distingue dans la pénombre la haute silhouette du major Williams qui se penche sur moi avec son satané stéthoscope. Je reconnaîtrais son odeur de tabac froid n'importe où, les yeux fermés. Une odeur de pleutre et de lâche. Derrière lui, un soldat en faction se tient au garde-à-vous, mais je ne vois pas son visage. L'instrument médical est glacé sur ma poitrine, il me fait presque mal. Je geins un peu. Cette nuit, le médecin n'a pas pris la peine d'enlever son grand manteau à col de fourrure ni son haut képi comme il le fait d'habitude. Il fait froid. À l'exemple de la guerre, l'hiver d'ici n'en finit plus. Le major

61

retire les embouts du stéthoscope de ses oreilles pour ranger l'instrument dans sa mallette d'un air préoccupé.

– Ah, si Peter pouvait recouvrer la voix ! soupire-t-il. Je paierais cher pour savoir ce qui s'est passé en haut de cette maudite butte.

Il parle invariablement en anglais, comme la plupart des militaires qui travaillent au camp de détention. Il ignore que c'est justement sa présence qui me rend muet comme une carpe. En dépit de ma volonté, mes paupières se referment toutes seules.

– Je l'ai entendu parler et gémir dans son sommeil, major, lui répond le soldat de garde.

– Ah ? s'étonne l'officier dans un chuchotement. Cette aphonie n'a donc pas de cause physique. Vraiment, ce ne sera pas le seul mystère qui plane sur le lac de l'Esprit que je ne pourrai résoudre ! Je crains le pis pour ce garçon, Blondin. Il serait prudent de faire venir l'abbé Dudemaine ou son vicaire sans tarder pour administrer les derniers sacrements. Le jeune Peter Gaganovitch est bien catholique, n'est-ce pas ?

– Oui, major, comme une centaine d'autres ici.

– Si le temps manque, vous irez chercher Ambroziy Redkevych, le prêtre orthodoxe du camp. Je crois que Peter n'a plus aucun parent à Spirit Lake.

– Non, major Williams. Plus un seul.

– Il y a de ces injustices dans la vie…

Nouveaux soupirs, en duo cette fois-ci. J'entends le bruit d'une allumette qu'on gratte, je respire l'odeur des cigarettes qu'on allume. Les murmures des militaires s'éteignent, leurs pas s'éloignent. J'attends encore, plongé dans le noir.

Quelque part dans le *no man's land*, le 17 février 1915.

Tout le monde dormait encore dans le wagon lorsque le soleil se mit à rougir l'horizon. Le ralentissement du train puis le changement de cadence du roulis monotone m'avaient brusquement éveillé. J'avais mal dormi, la douleur à ma jambe conjuguée au froid m'ayant tenaillé une partie de la nuit. Nous sursautâmes tous au mugissement de la locomotive. Penché par-dessus Iwan, je grattai l'épaisse couche de glace qui recouvrait à présent la vitre : devant les poteaux de téléphone s'alignaient soudain des dizaines de maisons à moitié ensevelies par la neige, puis une gare au toit en pagode, duquel pendouillait une pancarte. « Amos », lus-je. C'était vraisemblablement le nom de ce hameau qui s'étendait là-bas plus avant, à quelque cinq cents kilomètres de toute terre habitée, figé dans la froidure, et aussi perdu dans l'immensité des forêts vierges qu'un Esquimau au milieu d'un désert de glace. L'endroit semblait misérable et avait un je-ne-sais-quoi de sinistre.

Le train roulait à présent à vitesse réduite, au pas de l'homme qui marche. En dépit du froid et de l'heure matinale, le quai de bois de la gare pullulait de curieux et de badauds qui s'étiraient le cou pour mieux voir passer notre tortillard. Sans doute était-ce un divertissement, ici, que de regarder passer les trains. À Lviv, en tous les cas, c'était le passe-temps favori des vaches.

Sur la plate-forme longeant la voie, des gamins me firent un pied de nez auquel, bien sûr, je répondis. Près d'eux, un petit groupe d'autochtones de mon âge discutaient, dont une fille assez jolie, vêtue d'une jupe quadrillée et coiffée d'un béret bleu marine. À ma vue, elle arrondit les yeux d'étonnement, avant de me sourire sans retenue tout en triturant sa longue natte ébène. Je lui rendis son sourire. Une poignée de militaires parmi les civils me convainquit de la proximité de notre camp de détention. Amos continuait pourtant à se pavaner lentement devant nos yeux : des voitures à patins – espèces de troïkas à une seule monture –, auxquelles étaient harnachés des chevaux de trait ; des bâtiments en bois coiffés de neige ; une poignée de magasins ; un hôtel au nom pas très original de *Forest Hôtel* ; une chapelle ; des entrepôts ; une citerne d'eau posée sur pilotis ; une scierie. Et des chantiers, des chantiers de construction partout, des terres à peine défrichées et des arbres coupés à perte de vue.

– C'est sale, maugréa le dentiste, le nez plissé.

– C'est pauvre, murmura Tatjina.

– C'est palpitant, dit Iwan en s'étirant.

Ni le docteur Zeller ni moi n'ignorâmes le clin d'œil que mon frère adressa à la jeune femme. Je vis le dentiste serrer les poings. Le train franchit finalement un pont métallique en forme d'arc qui enjambait une rivière gelée, avant de reprendre sa vitesse de croisière.

– Terminus dans un quart d'heure! hurla un bidasse dans son porte-voix. Préparez-vous à descendre et à rejoindre les rangs!

Dans le wagon, ce fut le branle-bas de combat, chacun récupérant ses effets et enfilant veste, manteau et chapeau. Les mères rapatrièrent les marmots dans leurs jupes, les pères les ballots et les bagages sur leurs genoux. On retenait son souffle, les pupilles rivées au spectacle qu'offraient les fenêtres de gauche. Sous la vaste étendue blanche et plate dépourvue de végétation qui pointait de temps à autre entre les conifères, nous devinions le fameux lac de l'Esprit. Hormis le sifflement de notre boîte à fumée sur rails, ce fut dans un silence presque sacrosaint que nous arrivâmes à Spirit Lake.

Le train s'immobilisa devant une minuscule gare gardée par des sentinelles en faction, leurs fusils à baïonnette fichés sur l'épaule comme des soldats de plomb.

– Si c'est ça ton paradis, j'imagine qu'eux, ce sont les portiers engagés par saint Pierre? lançai-je à Iwan.

Je collai un peu plus mon nez contre le carreau: au loin, de l'autre côté de la voie et en bordure des rails, se dressaient un grand nombre de bâtiments recouverts de papier goudronné devant lesquels s'affairaient d'autres prisonniers. Mon cœur se crispa d'effroi à la vue de la clôture de fils barbelés qui ceinturait cette espèce de bled perdu, clôture de la hauteur de trois hommes.

Les portières de tous les wagons grincèrent en même temps et un régiment de soldats nous firent descendre sous les piques de leurs armes. J'évaluai le nombre des prisonniers dont je faisais partie à plus d'une centaine, dont une poignée d'enfants et de jeunes de mon âge, filles et garçons confondus. À cause de ma jambe, je fus le dernier à rejoindre les rangs, avec Iwan qui me faisait office de béquille. Les militaires nous encerclèrent et ce mouvement de troupe fit hurler les bébés de frayeur. Je croyais rêver: nous ressemblions à un troupeau de moutons gardé par des bergers. Je clignai des yeux sous le soleil aveuglant et avalai goulûment, à grandes lampées, l'air glacial, mais on ne peut plus sec, de l'Abitibi.

Jamais il ne m'avait été donné d'en respirer d'aussi pur. J'eus l'impression de recevoir la nature en plein visage. C'était bon. Et dans les circonstances, parfaitement saugrenu d'être si bon.

– La lumière est extraordinaire dans ce pays, constata Tatjina en scrutant l'azur, que pas un nuage ne venait voiler.

– Spirit Lake est si haut en altitude qu'on croirait pouvoir toucher le ciel, souffla mon frère. Vous avez les yeux du même bleu que le ciel, Tatjina.

– Et du même bleu que les yeux des cafards de Québec! ajoutai-je, avant de recevoir un bon coup de coude dans le côté gauche.

– Il fait quarante-cinq degrés sous zéro, c'est *bire* que la Sibérie! vociféra le dentiste en se frottant les bras. *Che* prédis que nous allons mourir *chelés* comme des rats, tous autant que nous sommes!

– Silence! Avancez! hurla en anglais un militaire à petit képi et à grandes bottes qui arborait deux ou trois galons sur ses épaulettes. Amenez-moi ce tas de fainéants à la baraque quatre!

L'énergumène avait l'air coriace. Mamie l'aurait passé sous son maillet à attendrir la viande de rat, celui-là.

– Ce type a une sale tête, chuchota Iwan, penché à mon oreille. Tu ne trouves pas qu'il a un air de famille avec le général Wotton de Québec?

J'arrondis les yeux, estomaqué. C'était pourtant vrai : il avait la même bouille, la même silhouette, la même paire de lunettes ! Était-il possible que ce soit lui ? J'étais pourtant certain de l'avoir vu sur l'esplanade de la gare de Québec par la fenêtre de notre train qui s'éloignait. À moins que Wotton n'ait tout bonnement un jumeau...

L'officier cracha de nouveaux ordres, cette fois-ci tout à fait inintelligibles, et nous franchîmes le champ de parade pour pénétrer en file indienne dans l'enceinte de barbelés en bordure de laquelle se dressait un mirador. La vue de cette tour de guet, gardée par je ne sais combien de sentinelles, avait de quoi faire frissonner. La clôture se referma sur nous dans un bruit sinistre. Clac. Et la visite guidée commença, commentée en petit russe par l'interprète de Spirit Lake, un civil moustachu au visage potelé et aux yeux à la fois sombres et perçants, du nom de Joseph Nordman. Il portait une cravate, un manteau en tweed à carreaux assorti à sa casquette molle ainsi que des bottes noires qui lui montaient jusqu'aux genoux. Sans doute l'individu se prenait-il pour un cavalier, puisqu'il gardait à la main une cravache de cuir souple, avec laquelle il jouait nerveusement.

De part et d'autre de ce *guard room* –, c'est ainsi que Nordman appelait le mirador flanqué de ses guérites – c'est-à-dire à l'est et à l'ouest de la cour centrale, s'alignaient deux rangées de quatre baraques chacune, lesquelles baraques, longues et étroites, et numérotées de un à huit, pouvaient loger non pas cent, mais bien cent quatre prisonniers chacune, assura notre pointilleux interprète. Ces bâtiments de vingt-cinq mètres de long ne comportaient comme ouvertures que celles percées dans les murs de largeur : une porte encadrée par deux fenêtres avec, chapeautant le tout, trois petites lucarnes. Entre ces rangées de baraquements séparés de latrines extérieures se trouvaient des camps pour les soldats, une boulangerie, une cuisine, un entrepôt, une cantine faisant office de magasin général, ainsi que d'innombrables bâtiments dont j'ignorais la fonction et dont je me contrefichais. Au fond du bled, en retrait sur deux petites collines, se dressaient le mess des officiers et celui des sergents. La prison nous demeurait invisible, à environ deux cents mètres des barbelés, mais Nordman nous assura qu'elle existait bel et bien et qu'elle avait réussi à dompter toutes les fortes têtes de Spirit Lake. Du côté opposé, près du lac et hors de l'enceinte, un double hôpital avait été installé en haut d'une colline boisée.

On nous fit entrer dans une baraque chauffée au minimum afin de nous expliquer les consignes et les règlements qui régnaient dans l'enclos. La bâtisse était en quelque sorte une salle commune qui servait à la fois de dortoir, de séjour et de réfectoire. Et de buanderie, car des vêtements suspendus séchaient dans tous les coins. Un relent sur et aigre se dégageait de toutes ces hardes qui s'égouttaient sur le sol.

– C'est ici que seront détenus tous ceux parmi vous qui sont célibataires. En revanche, puisque le bon gouvernement canadien s'est fait un devoir de ne pas séparer les familles, celles-ci résideront au village de Lillienville, bâti exprès pour elles à un kilomètre d'ici, nous informa encore l'interprète.

– Quelle générosité! J'te parie que c'est là qu'on va nous loger, soufflai-je à Iwan avec ironie.

Des dizaines et des dizaines de lits superposés s'alignaient le long des murs sans fenêtres tandis que des tables assorties de bancs à peine dégrossis meublaient le centre de la pièce. Au plafond, entre les lampes à huile suspendues, courait un long conduit relié aux poêles à bois installés à chacune des extrémités de la baraque. Les femmes et les jeunes enfants furent enfin autorisés à s'asseoir.

Le sosie de Wotton donna un coup de sifflet pour imposer le silence. Les yeux braqués fixement sur Tatjina, il se lança ensuite dans une longue énumération, traduite par à-coups par son interprète. Je crois bien que, comme moi, personne n'écoutait vraiment, trop terrifié par les événements qu'il venait de vivre, trop épuisé par le voyage en Transcontinental ou, tout simplement, trop affamé. La seule bonne chose que je retins du bla-bla-bla, c'est que dimanche serait jour de congé et que nous serions nourris, logés, habillés et soignés en échange de besognes obligatoires, nécessaires à la mise en place d'une ferme expérimentale : défrichage des lots, construction de routes et de granges, pose de drains et de conduites d'eau. En outre, l'armée verserait un salaire à tous ceux qui accepteraient de travailler pour le gouvernement canadien. Ça me plaisait bien, à moi, de pouvoir devenir riche, mais la plupart des prisonniers firent la moue. Je n'aurais jamais espéré tant obtenir du même coup : logis, nourriture et travail.

Le discours n'en finissait plus. Nous devenions de plus en plus hagards et hébétés. Appuyé sur Iwan, je me sentis soudain faiblir. Ma jambe recommençait à me faire souffrir. On fit l'appel pour consigner les célibataires à leurs lits, les familles à Lillienville, et remettre à chacun une pile de couvertures et de vêtements. La longue litanie de nos noms débuta.

– Gaganovitch! Personne ne s'appelle donc Gaganovitch, ici? tonna soudain Nordman, furieux, en assénant un grand coup de cravache sur la table.

Je grimaçais de douleur sans retenue, ne songeant plus qu'à me coucher quelque part. Iwan me secoua par l'épaule.

– Ça fait deux fois que l'interprète t'appelle, chuchota-t-il. As-tu déjà oublié ton vrai nom ?

Le silence planait dans la pièce, troublé uniquement par le crépitement des poêles à bois.

– Mon vrai nom, c'est Zabalète, répondis-je en français d'un ton agressif. Pas Gaganovitch.

Cette fois-ci, Nordman n'eut pas besoin de décoder. L'officier « copie conforme de Wotton », qui, de toute évidence, comprenait parfaitement le français, me fusilla du regard. Il prit la relève du civil.

– Qu'on mette cet imbécile au trou, au pain sec et à l'eau pour quarante-huit heures, ordonna-t-il en promenant ses yeux froids sur nous. Ici, les rebelles et les fortes têtes sont punis. Il ne sera pas dit que sur mes mille quatre prisonniers, un seul d'entre vous m'en fera baver. Et traduisez bien mes mots à ces charognards, monsieur Nordman !

Deux soldats fondirent sur moi. Puis, ayant violemment écarté Iwan qui se rebiffait pour me protéger, ils m'empoignèrent chacun par un bras. L'un d'eux heurta douloureusement ma jambe. Une voix tranquille s'éleva soudain derrière moi.

– Ce garçon me semble bien jeune pour devoir subir votre réprimande, capitaine Wotton.

Wotton ? Je tournai avec surprise la tête en direction de mon défenseur, un vieil officier de grade supérieur à moustaches en crocs, dont les cheveux grisonnants ressortaient sous son bonnet de fourrure. Son long manteau entrouvert laissait deviner un tas de médailles dans l'échancrure. Le nouveau venu fixa l'officier jusqu'à ce que celui-ci eût détourné les yeux. Il avait bien dit Wotton? Ainsi, comme je l'avais deviné, ce capitaine était-il bien parent avec le satané général de Québec!

– Le général responsable de l'infanterie de Québec m'assure par écrit que ce détenu et son compatriote ont atteint l'âge minimal d'incarcération, mon colonel. Il précise que nous devons les tenir sous bonne garde et qu'ils sont dangereux, se défendit l'interpellé d'un ton sec.

– Je vois... Hum, il me paraît blessé. Ne croyez-vous pas qu'il serait sage que notre médecin, le major Williams, l'examine d'abord?

– Il nous faut demeurer impartiaux, mon colonel, protesta avec vigueur le capitaine.

– Impartiaux, certes, capitaine Wotton. Mais justes.

L'autre bouillait de rage.

– Oui, colonel Rodden, ravala-t-il, les poings serrés. Je rectifie donc mes ordres pour ceux-ci: Gaganovitch ira en cellule puis sera soumis aux travaux forcés sur le chantier d'abattage. Mais s'il s'avère au dire du major Williams qu'il est totalement invalide, je dis bien totalement, Gaganovitch écopera plutôt de quinze jours de corvée, hôpital ou pas. Seul son compatriote ira au cachot pour insubordination et opposition aux ordres. Exécution !

Il claqua ses talons l'un contre l'autre, salua son supérieur d'un index à la tempe et sortit en me jetant un regard meurtrier. Je venais sans contredit de m'en faire un ennemi.

Iwan me fit un petit clin d'œil vainqueur tandis qu'on l'emmenait sans résistance vers sa cellule. Il sifflait le *Chant de la liberté*, l'hymne patriotique des paysans révolutionnaires ukrainiens de Lviv.

Je me suis longtemps demandé si mon souvenir était bien réel ou si je ne l'avais pas inventé de toutes pièces en plagiant celui que mamie s'était forgé des événements, et qu'elle nous relatait de temps à autre, au gré de ses états d'âme.

J'avais cinq ans et il faisait nuit. La plainte de la balalaïka mêlée à celle d'un violon m'avait brusquement éveillé. En arrière-fond s'élevaient des voix, des rires, des chants. Pieds nus, vêtu d'une simple chemise de nuit, j'avais surgi dans la cuisine au milieu des invités que je connaissais bien. À moi si jeune, ces adultes me paraissaient tous des vieillards mais provenaient en fait de trois générations successives. Quatre, devrais-je dire, puisque, parmi eux, se trouvait aussi la fille d'Olga, une amie de mamie. Anna avait dix ans, soit exactement l'âge d'Iwan. D'elle, je ne me souviens que de sa blondeur effarante.

À cette époque, la révolution manquée de 1905 et la révolte agitaient toujours Lviv. Musiciens, étudiants, maîtres d'école, écrivains, médecins : les intellectuels de la ville, qui se prétendaient paysans, avaient pris l'habitude de se retrouver une fois la semaine dans notre petit logis. Le mot de passe pour entrer chez nous, c'était « Terre au peuple », et le seul prix d'entrée qui fut jamais demandé était un bout de bois ou une bougie pour l'entretien du feu et de l'éclairage. Mamie leur servait alors du chou rouge aux marrons, un mets typiquement ukrainien, avec des concombres au sel et des boissons fermentées à partir de grains : le kwas et la vodka. Beaucoup de vodka. La soirée se terminait quand il n'y avait plus ni lumière ni feu dans l'appartement.

Je m'étais donc pointé dans la cuisine qui nous servait aussi de séjour. Groupés autour de Vladimir qui grattait les cordes de sa guitare triangulaire, ses amis avaient heurté leurs verres en trinquant : « Paysans révolutionnaires, liberté ! »

– Viens Peter, viens ! s'étaient-ils exclamés en me voyant.

Je m'étais assis sur les genoux de l'un, pour être ensuite recueilli par un autre, et trimballé avec affection de bras en bras. Iwan, ensommeillé, nous avait rejoints.

– Chante pour nous, Vladimir! clama mamie.

– Non, protesta celui-ci. La chanson ukrainienne a sombré dans l'opérette et dans la mièvrerie, les artistes sont devenus des bourgeois avachis.

– Alors, invente un chant pour nous, camarade.

Vladimir hocha la tête et un silence respectueux tomba. Il ferma les yeux, inspira un grand coup. Lentement, il entama une chanson vaguement tzigane en caressant ses trois cordes.

Pour mon peuple opprimé
La révolte a sonné
Courage et Justice, semez!
Récoltez! Moissonnez!
Paysans d'la liberté...

Il allait improviser sous nos yeux, cette nuit-là, le chant patriotique des paysans révolutionnaires ukrainiens, le *Chant de la liberté*. Olga reprit la mélodie au violon. C'était beau et on pleura. Soudain, la porte s'ouvrit avec fracas. Je vis apparaître dans l'embrasure un vieil homme en robe de chambre rayée.

– *Policjia! Policjia!* cria M. Roth, le voisin polonais qui habitait juste en dessous.

76

C'était trop tard. Ce fut la razzia, les hurlements, la lutte vaine, le sang. Des policiers armés jusqu'aux dents emmenèrent le génial musicien Vladimir, Jan son frère poète amoureux de mamie, ainsi qu'Olga, la vieille amie de la famille. Par la fenêtre, nous vîmes nos trois camarades blessés disparaître au bout de la rue en attaquant à l'unisson le *Chant de la liberté*. Jamais plus on ne les revit, non plus que la petite Anna.

Iwan a beau prétendre que cette chanson a pour but de nous redonner espoir et de revigorer notre courage chancelant, moi elle me rend malade.

Mon frère s'effaça par la porte entrouverte de la baraque quatre. Sa chanson s'évanouit, tout comme moi.

Spirit Lake, nuit du 13 mai 1915.

La nuit n'en finit plus de ne pas pâlir. Une voix douce fredonne à ma droite un air qui ressemble au *Chant de la liberté*. Un parfum de fleurs… j'ouvre les paupières, le cœur gonflé à bloc par l'assurance d'un amour incommensurable. Elle est là, penchée sur moi. Sa main fraîche caresse ma joue.

– Mamie…

– Oui, Peter. Je resterai jusqu'à l'aube, mon trésor. Cesse de t'agiter ainsi.

– Et Iwan ?

– Ton frère viendra nous rejoindre tout à l'heure, pour ta sortie, il me l'a promis.

– Iwan n'est pas mon frère, tu n'es pas ma grand-mère, je lui reproche en grimaçant sur la douleur qui se ravive.

« Sois sage, ô ma Douleur, et tiens-toi plus tranquille », écrivait Baudelaire, que grand-mère peut
citer par cœur. Elle se penche pour baiser mon front
trempé de sueur. Sur ma peau, ses lèvres sont froides
comme un baume de camphre.

– Qu'est-ce qui est le plus vrai et qui résiste au
temps, Peter : le sang de nos corps mortels ou l'amour
infini que je te porte ? rétorque-t-elle avec douceur.
Tu voudrais bien connaître la véritable histoire de ta
naissance, n'est-ce pas, mon chéri ?

– Non, plus maintenant, mamie. Tout ça n'a pas
d'importance.

– Ça n'en a jamais eu. Les enfants choisissent leurs
parents du haut du ciel avant de naître, et c'est ce
que tu as fait. C'est ce qu'Iwan a fait. Vos pauvres
parents assassinés n'ont jamais été que les véhicules
qui vous ont menés vers moi. Que Dieu ait leur âme !
Je leur en serai infiniment reconnaissante et n'ou-
blierai jamais leur sacrifice.

Elle s'assit sur mon lit, puis soupire. Son souffle
frais sur mon visage apaise ma fièvre.

– Quand survinrent les premières échauffourées
entre le peuple et l'armée, quelques années avant la
révolution manquée de 1905, commença-t-elle,
j'avais pris l'habitude avec ma copine Olga d'arpen-
ter les rues de Lviv pour secourir les blessés qu'on
laissait pour morts. Cet après-midi-là, nous nous

étions rendues jusqu'à un sordide marché public, appelé le marché aux poux, que hantaient les miséreux, les ivrognes et les voleurs à la tire. Une femme au visage dur, vêtue de chiffons, nous demanda l'aumône. Nous l'exigea, dirais-je même. Un nourrisson hurlait dans ses bras – c'était toi –, tandis qu'elle tirait férocement par la main un gosse de cinq ans qui allait pieds nus dans la neige de février – c'était Iwan. « C'est une mendiante professionnelle, m'a glissé à l'oreille Olga. La vilaine a dû louer ces pauvres petits à leurs parents pour la journée et elle les a privés de lait pour qu'ils geignent davantage. Elle les promène maintenant dans le froid pour attendrir les gens. » Ma copine et moi n'étions pas dupes. Nous savions que des bébés mouraient souvent dans les bras des loueuses, qui continuaient pourtant à les exhiber pour ne pas manquer une seule aumône. Tandis que nous discutions avec elle, un régiment de soldats a soudain envahi le marché pour se ruer sur des civils. Une explosion a retenti. La mendiante s'est écroulée à mes pieds, la tête fracassée par un morceau de macadam perdu. Pauvre, pauvre femme, quelle souffrance ! C'est un miracle qu'Iwan et toi en soyez sortis indemnes. Les derniers mots que j'ai réussi à tirer de l'agonisante ont été le nom de l'orphelinat auquel elle vous avait loués : l'Hospice des enfants trouvés de Lviv.

– Elle est si simple, cette histoire, pourquoi nous l'avoir cachée? je demande.

– Je ne voulais pas qu'on vous fasse d'ennuis. J'ai su auprès de l'orphelinat que vos parents étaient des révolutionnaires mencheviks* que les autorités avaient fait assassiner.

La douleur revient à la charge.

– Chante, mamie, la supplié-je en fermant autant les poings que les yeux. Le mal s'en ira si tu chantes. Ensuite, tu écriras dans mon cahier les phrases que je vais te dicter. Ce sera l'épilogue, ce sera le dernier chapitre de l'histoire.

– Comme tu veux, mon trésor.

Grand-mère Zabalète sourit puis, ayant rapproché la chaise de mon grabat, s'y installe avec son tricot, qu'elle tire de son grand sac à main. Une vieille chanson française se faufile jusqu'à mes oreilles, s'infiltre dans ma cervelle pour m'anesthésier peu à peu le corps et l'esprit:

Quel chagrin, quel ennui
De compter toutes les heures…

J'ai l'impression de sommeiller dans une barque qui s'en va à la dérive, pareille à celle de ce dimanche de

_____

* Les mencheviks étaient des révolutionnaires issus d'une fraction du parti communiste russe, et qui s'opposèrent aux bolchéviks.

82

juin de mes douze ans où j'étais allé pêcher avec Iwan. Nous avions cessé de ramer, laissant l'embarcation descendre tout doucement la rivière Poltva, cette si jolie rivière maintenant enfouie sous la vieille ville à cause de sa pollution et qui, je crois, se jetait plus loin dans le Dniestr, à moins que ce ne soit dans le Prout. Je m'étais assoupi, comme je m'assoupirais encore aujourd'hui si je ne luttais pas tant contre l'endormissement. La souffrance bat en retraite, mes yeux se ferment, l'engourdissement m'enveloppe. Le Prout, c'est comique comme nom quand on y pense. Non, il ne faut pas dormir. Je dois demeurer conscient jusqu'à la fin. Juste un petit repos de paupières, alors.

Spirit Lake, le 17 février 1915.

Le froid me pétrifiait. Assis sur le sol de terre battue, le dos appuyé contre le mur, je m'emmitouflai un peu plus dans la vilaine couverture râpeuse, puante d'humidité, qu'on m'avait remise.

– T'es un veinard, les autres n'en ont pas, m'avait spécifié en français le soldat geôlier qui, du haut de son échelle, m'adressa un clin d'œil.

Je l'avais dévisagé, étonné. Il était jeune, grand et efflanqué, avec une cicatrice boursouflée et cramoisie qui lui tranchait la joue. Contrairement aux militaires de Spirit Lake, il me parut sympathique.

Son copain retira l'échelle pour refermer la trappe de la cellule dans laquelle ils m'avaient tous deux descendu. Celle-ci claqua. Mes yeux s'agrippèrent férocement à la minuscule fente de lumière qu'on avait omis de calfeutrer, hypnotisés par le haut de cette porte battante qui illuminerait mon univers pour je ne savais combien d'heures encore. Dans ce trou à rat où j'avais à croupir, le plafond était si bas qu'aucun homme ne pouvait tenir debout. Il n'y avait ni fenêtre ni chauffage, ni chaise ni lit. Et ni rat non plus, évidemment, car ces bestioles-là ne sont pas si stupides : il y faisait plus froid que dans une glacière et plus sombre que dans un four. Mais dans un four, au moins y aurais-je chauffé un peu.

Si ma jambe gauche était frigorifiée sous le plâtre fraîchement durci, du moins ne me faisait-elle plus mal. Les vêtements neufs qu'on m'avait remis parvenaient à maintenir le reste de mon corps dans un état qui me sauverait sans doute de l'hibernation. Manteau, bottes, casquette de feutre à oreillettes, moufles, bas de laine, pantalon, salopette, chandail, chemise, dénombrai-je en tâtant les pelures que j'avais enfilées les unes par-dessus les autres avec la connivence du médecin. C'était sans compter les sous-vêtements, les serviettes et les mouchoirs qui bourraient mes poches. Vraiment, quelle aubaine ! On pouvait dire bien des choses contre le Canada mais, l'une était certaine, ce pays ne lésinait pas. Je me sentais plutôt content, ce qui, en soi, était parfaitement idiot étant donné l'endroit où les Wotton m'avaient fait enfermer et la situation précaire dans laquelle je me trouvais. Catalogué par des énergumènes trop myopes sous un âge qui n'était pas le mien – dix-neuf ans au lieu de quatorze –, mon avenir n'avait en soi rien de rassurant. Pourtant, ce bonheur un peu bête, aussi envahissant que du chiendent, était plus fort que ma logique : c'était la première fois qu'on m'offrait des habits neufs, des vêtements rien qu'à moi, qui n'étaient ni troués ni trop justes.

J'arrachai avec difficulté un morceau de mon quignon de pain, moins rassis que congelé, pour le mâcher consciencieusement. Il ne serait pas dit que je gaspillerais quelque nourriture que ce soit, moi qui en avais tant manqué dans les mois précédents. L'eau pure et cristalline formait maintenant un bloc de glace au fond de ma tasse en fer-blanc.

Voici une dizaine heures de cela – peut-être plus, comment savoir ? – j'avais repris conscience sur la table d'examen de l'hôpital de Spirit Lake. Un médecin militaire palpait ma jambe avec minutie, après en avoir retiré l'attelle installée la veille par le docteur Kapp. Sans façon, il avait coupé la jambe de mon pantalon rapiécé. Un squelette articulé pendouillait dans un coin.

– Ce paquet d'os, c'est le résultat d'un traitement médical qui a mal tourné? lançai-je en français avec une pointe d'ironie.

Le major Williams – c'était le nom qui était inscrit sur la cocarde épinglée à son sarrau blanc – se figea net avant d'esquisser une moue qui tenait davantage de la grimace que du sourire. Je crois qu'il ne savait plus comment s'y prendre pour rire. Nous étions seuls tous les deux dans le minuscule bureau annexé au dispensaire, lequel croulait sous la paperasse, les burettes et les flacons de médicaments. J'avais affaire à un homme à moitié chauve d'environ quarante ans, très maigre, au regard d'une infinie tristesse.

– Je suis content que tu parles autre chose que l'ukrainien, Peter Gaganovitch, m'avoua-t-il dans un français bizarre, mais tout de même convenable. Les langues slaves, très peu pour moi! Notre unique interprète, Jos Nordman, n'a pu se libérer pour t'accompagner. Il est très *busy*. Sans lui, je ne sais pas ce que l'armée deviendrait. Mille prisonniers, dont vingt familles, ça fait beaucoup de traductions pour un seul homme.

Il se leva, alluma un cigare et se mit à déambuler dans la pièce d'un air préoccupé.

– Ton pied n'est pas cassé, *boy*, mais foulé. Ça ne fait pas de toi un invalide dans le sens où l'entend le capitaine Wotton. Tu vas manger un grand bol de bouillie d'avoine – deux ou trois si tu veux –, tu enfileras des vêtements chauds et tu t'en iras dans *le* prison.

– Chez moi, en Autriche-Hongrie, on n'emprisonne pas les enfants dans des camps de concentration, l'assurai-je d'un ton frondeur.

– Tu crois ça... Tu as bien quatorze ans, hein, Peter ?

– Oui, docteur, depuis le 2 janvier. Mais ce n'est pas ce que dit le général Wotton de Québec. Il prétend que j'en ai dix-neuf.

– Son frère, le capitaine Wotton, est aussi buté et aussi myope que lui ! corrobora-t-il. *Ridiculous !* J'ai tenté de lui expliquer que ce chiffre dix-neuf était mal écrit au rapport, que c'était un quatorze avec un quatre trop fermé, mais il n'a pas écouté. *Well*, je sais que tu es trop jeune pour aller dans le prison, mais les règlements m'interdisent de contester les ordres d'un général.

Il tournait en rond, de plus en plus pensif. Soudain, ses iris s'accrochèrent aux miens, ce qui me fit tressaillir. Les siens, du même gris insaisissable qu'un ciel d'automne, me firent aussitôt songer au regard figé de mon aïeul paternel, immortalisé dans la photographie au nitrate que mamie baladait à son cou, dans son pendentif en or. Avec des yeux pareils, ce type ne pouvait qu'avoir bon cœur. « Fais-lui confiance », me cria une petite voix intérieure, que je crus spontanément. Le major posa une main chaude sur mon épaule :

– J'ai une idée, *boy*. D'abord, je vais te plâtrer le pied et la jambe, ça t'évitera les travaux forcés pour un mois. Ensuite, je t'enverrai dans *le* prison mais je te ferai libérer. J'irai parler au colonel Rodden.

Mon cœur se mit à battre la chamade. Rodden n'était-il pas ce vieil officier qui m'avait si bien défendu contre Wotton ? Je n'allais pas laisser passer cette chance inouïe de recouvrer notre liberté.

– Mon frère, hum, je veux dire mon ami Iwan est lui aussi bien trop jeune pour être emprisonné, tentai-je.

– D'accord, lui aussi. O.K. ?

Oll korrect ou O.K., comme disait le major pour faire moderne. Pourtant, le temps passait et j'y croupissais toujours, moi, au fond de ce trou sombre et noir.

Le filet de lumière qui passait par la trappe se mit brusquement à décliner. Je geignis, incertain de pouvoir supporter l'obscurité totale de la ratière. Quelque part à l'intérieur des barbelés, un homme hurla. C'était un long cri effrayant qui me donna la chair de poule. Une vague de froid monta subitement à mon front. Et avec elle, la peur insurmontable, aussi irrationnelle que terrible, de mourir.

« Il fait trop noir, je veux sortir d'ici. » J'avais crié. Ma respiration se faisait haletante, mon cœur battait trop vite et trop fort. Je me sentis pâlir, pris de nausées. Chancelant, je reconnus la terreur panique qui accourait au pas de course chaque fois que je me retrouvais coincé dans un lieu clos et sombre. Les yeux exorbités, je me heurtai aux murs en me tordant les mains. Comme d'habitude, ma crise durerait des heures, peut-être jusqu'au petit matin. Je croirais mourir vingt fois, cent fois. « Un mauvais moment à passer, Pet, juste un mauvais moment à passer. » Et paf! Le souvenir responsable de ma phobie ressurgit. Avec lui, la peur atroce née de ma première journée d'école.

J'avais six ans. Des écoliers menaçants m'encerclaient et m'injuriaient.

– Fran-çais grandes o-rei-lles! Fran-çais grandes o-rei-lles!

Dès la cloche sonnée, on m'avait séparé d'Iwan. Le cœur serré, j'avais vu mon frère s'éloigner dans le rang des grands tandis qu'il me fallait suivre celui des petits. Je ne sais pour quelle raison la maîtresse s'était absentée quelques minutes de la classe, me laissant seul, moi le nouveau venu, avec tous ces méchants.

– Tuons-le! décréta le meneur du groupe, un garçon aux cheveux noirs, dont les lèvres écumaient de haine.

Les élèves fondirent sur moi pour me molester. Certains m'assénèrent des coups de pied, d'autres me griffèrent et me tirèrent les cheveux. On déchira mes vêtements. Étrangement, en dépit de toutes ces violences, il m'était impossible de crier ou de me défendre. La peur me paralysait et me rendait muet, comme la tourterelle qu'un chat vient d'attraper et qui va se faire avaler toute crue sans réagir.

La meute d'enfants me poussa dans un placard au fond de la classe, une espèce de réduit noir et étroit où s'amoncelaient des piles de vieux bouquins, puis verrouilla la porte sur moi. Je m'épuisai à tambouriner des pieds et des mains, à crier le plus fort possible, rien n'y fit, j'étais bel et bien prisonnier. Avec mon jugement d'enfant, je crus véritablement ma dernière heure venue et ce qui me parut des heures ne dura sans doute que quelques minutes, le temps que la maîtresse réintégrât sa classe. Mais le mal était fait. Quand on me délivra, j'étais en état de choc. Mamie accourut.

– Je vais mourir, répétais-je, hagard et hébété.

Elle me berçait tout doucement contre elle.

– Tout va bien, mon trésor, tentait-elle de m'apaiser.

Mon aïeule m'avait fait changer d'école, bien sûr. Deux fois, trois fois d'affilée. Pourtant, le même cauchemar recommençait. Elle m'aurait inscrit dans n'importe quelle institution de quartier, les enfants de mon âge ne m'auraient pas mieux accepté. Je rentrais chaque soir à la maison couvert d'ecchymoses avec les vêtements déchirés. En fait – et je mis des années à le comprendre –, mes compagnons de classe me rejetaient et me maltraitaient à cause de mes différences : je parlais l'ukrainien avec un accent français et j'avais les oreilles décollées. J'aurais dit n'importe quoi, j'aurais fait n'importe quoi, il n'y avait rien à faire : on me condamnait d'avance. Aller à l'école était devenu pour moi un enfer.

– Parle à tout le monde, fais-toi des amis, me conseillait mamie avec une patience d'ange.

– Ne te laisse pas faire, défends-toi et cogne-les, rétorquait au contraire Iwan qui, plus sociable que moi, n'avait jamais connu de tels déboires ou de tels ennuis.

Il m'avait enseigné à me battre en cachette de notre aïeule. Toutefois, rien n'y faisait, les gentillesses comme les bravades. J'avais perdu l'appétit, mes nuits se peuplaient de cauchemars et d'êtres hideux, de coliques et de maux de ventre. Je me métamorphosais lentement mais sûrement en loque. Bref, j'étais devenu si malheureux que grand-mère Zabalète se résolut à me retirer de l'école pour me faire elle-même la classe. Son métier de jeune fille n'avait-il pas été l'enseignement ?

À la vérité, cette ratière de Spirit Lake ressemblait trop au placard de la classe de mes six ans. Et bien que l'épisode ne fût que de l'histoire ancienne, la recrudescence de ces crises me prouvait que ma blessure d'antan ne s'était pas cicatrisée. C'en était une qu'on m'avait infligée au fer rouge. Je me mis à bâiller, à grelotter et à claquer des dents comme une vieille automobile qui refuse de démarrer. Mes pensées se mirent à s'activer toutes seules, s'éparpillant à toute vitesse dans la cellule sans que je puisse en reprendre le contrôle. C'était comme tenter d'attraper des papillons à mains nues. Je m'effondrai de tout mon long sur le sol de terre battue. J'étais persuadé que j'allais mourir et que, cette fois, je ne m'en tirerais pas.

Soudain, une voix asexuée et autoritaire se mit derechef à me disputer, venant de nulle part et de partout à la fois. Surpris, je cherchai un moment à entrevoir une silhouette dans la pénombre.

– Ton corps n'est qu'une machine, disait-elle. Et depuis quand les machines mènent-elles leurs maîtres, hein ? Tu vas reprendre le contrôle de ton corps et tout de suite, tu entends, parce que ta volonté est plus forte que cette coquille à deux pattes qui te sert de carapace.

Quand on est trop étonné, on n'ose pas désobéir.

– Inspire à fond le temps que je compte jusqu'à quatre, m'ordonna-t-on. Retiens ta respiration pendant ce même temps, expire en comptant jusqu'à quatre, retiens ta respiration pendant ce même temps. Une autre fois...

Peu à peu, au fur et à mesure que mes narines s'approvisionnaient d'air glacé, les soubresauts qui secouaient mon corps s'estompèrent, puis diminuèrent pour s'éteindre tout à fait. En moins de dix minutes, j'étais redevenu le maître de ma carlingue et, plus important encore, de la machine à penser qui l'actionnait. Un sentiment intense de sécurité m'envahit tandis qu'une bonne chaleur se diffusait dans mes veines. Je m'endormis d'un coup.

Une main sur mon front. J'ouvris les yeux en sursaut. À la lueur d'une lampe à huile, je distinguai le visage du soldat à la balafre penché sur moi, qui me bordait étroitement avec une couverture. Était-ce donc lui qui m'avait aidé? Son copain nous surveillait du haut de l'échelle.

– Tu viens de faire une crise de panique, ti-gars. Y a un tas de détenus qui réagissent comme toi quand on les enferme ici. Ce n'est qu'un mauvais moment à passer, me dit mon secouriste. Le truc pour t'en sortir, c'est de te changer les idées. Ton copain a été incarcéré dans la cellule de droite, essaie de communiquer.

– J'ai entendu un homme hurler, gémis-je.

– C'était le mécanicien Jozef Heilik, qu'on vient d'emprisonner. Il a tenté de s'échapper en passant par le trou des latrines et il s'est fait pincer, me souffla le soldat en s'esclaffant. Mais crois-moi, ça vaut mieux ainsi parce que dehors, il fait moins quarante degrés.

– Grouille-toi, Blondin, lança impatiemment son copain. Si Wotton nous pince à sympathiser avec les détenus, il va nous couper nos permissions.

Ils m'abandonnèrent à nouveau dans l'obscurité, mais en prenant soin de laisser percer un très large rai de lumière par la trappe entrouverte. Je leur en fus reconnaissant. Du reste, je n'avais plus peur. Pour la première fois, grâce à la mystérieuse voix qui m'avait guidé – je ne saurais jamais si c'était Blondin –, j'avais gagné la partie. Et ce que j'avais fait – les respirations en comptant de un à quatre –, j'étais certain de pouvoir le recommencer.

Avec l'une de mes béquilles, je frappai résolument deux coups contre le mur. Iwan répondit aussitôt par une série de coups lents et d'autres plus rapides. Dommage que ni lui ni moi n'ayons appris l'alphabet morse! Je répliquai encore par deux ou trois frappements. Mais lui poursuivait toujours, – lents, rapides, lents – et s'entêtait. Sans doute voulait-il me faire croire qu'il s'y connaissait!

Les coups d'Iwan se firent plus rares, plus sourds, plus espacés. Je crois avoir dormi un peu. En fait, j'avais totalement perdu la notion du temps. Il me semblait flotter hors de mon corps,

dans un mouvement de Yo-Yo perpétuel, l'inté-
grant pour le quitter aussitôt. Combien de temps
passa-t-il, je n'en ai aucune idée. Aussi tressaillis-je
quand la porte de ma cellule s'ouvrit toute grande.
La clarté d'une lampe à huile me blessa les yeux.
Derrière celle-ci, en haut de l'échelle, deux
hommes en uniforme.

– Le colonel Rodden veut te voir, annonça Blondin, le soldat à la cicatrice.

Ils descendirent, m'attrapèrent par les aisselles
et me montèrent par l'échelle. On me tendit mes
béquilles. « Le major a réussi à convaincre le colonel que nous étions trop jeunes pour être détenus
à Spirit Lake, songeai-je avec un sourire triom-
phant. Il va nous libérer. Nous reprendrons le train
à l'aube et nous retrouverons mamie à Québec. »

Tandis que je quittais ma geôle d'un pas claudi-
cant, la porte de la cellule voisine, celle de gauche,
grinça sur ses gonds et je vis avec étonnement mon
frère en sortir.

– Comment, tu n'étais pas dans la cellule de
droite ? fis-je, stupéfait.

Il cligna des yeux, le teint livide.

– Non, c'est Nikolay Kapp. Quand tu t'es évanoui, le
vétérinaire s'est mis en furie contre l'interprète et il en
a pris pour douze heures, le pauvre. Je suis bien content
de ne pas passer la nuit dans cette souricière...

– Pauvre M. Kapp. Il a dû croire que j'étais un parfait imbécile, grognai-je.

– Quoi?

– Laisse tomber, tu ne connais rien au morse. L'important, c'est qu'on nous libère, répondis-je sur un ton énigmatique.

– Ouais, la baraque quatre sera plus confortable...

Je ricanai en mon for intérieur. Iwan aurait toute une surprise! Le soldat Blondin fut chargé de nous escorter. La porte extérieure de la prison se referma sur nous dans un bruit de ferraille et de cliquetis de clefs. Le froid terrible de la nuit qui régnait sur Spirit Lake acheva de nous réveiller. Je songeai à Jozef Heilik, couvert d'excréments gelés et remerciai le ciel que son évasion ait échoué. Il ne faisait aucun doute qu'il serait mort d'hypothermie.

Spirit Lake, nuit du 13 mai 1915.

– T'as entendu, Ben? Peter vient de chantonner quelque chose. Je t'avais bien dit que son accident ne lui avait pas abîmé les cordes vocales, chuchote le soldat Blondin à deux pas de mon oreille droite.

J'entends alors un bruit sourd, suivi d'un « aïe! » retentissant et d'un juron étouffé.

– Dis donc, mais qu'est-ce que cette chaise faisait dans le chemin? C'est toi qui l'as déplacée? grognasse encore le militaire. J'aurais mis ma main au feu qu'elle n'était pas là quand le major Williams est parti voilà une heure.

Un long crissement de pattes sur le plancher. Il a remis le meuble à sa place. Avec ma grand-mère dessus.

Spirit Lake, le 17 février 1915.

Iwan et moi quittâmes la prison escortés de Blondin, le soldat balafré, le seul semble-t-il parmi tous les gradés inférieurs à parler correctement le français. Sans doute était-ce pour cette raison qu'on nous l'avait attribuée. Le pénitencier de Spirit Lake étant érigé hors des barbelés, nous dûmes effectuer une courte promenade sous le clair de lune afin de retourner derrière ceux-ci. Près de deux cents mètres nous séparaient de l'enceinte de fer.

La nuit était tombée. Un vent glacial, annonciateur de tempête, s'amusait à refermer la tranchée creusée dans la neige à mains d'homme, une tranchée qui servait de passage à ciel ouvert aux piétons. Après avoir traversé le champ de parade et avoir franchi les grillages éclairés aux quatre coins par d'énormes faisceaux lumineux, nous réintégrâmes finalement la cour intérieure du camp de détention. J'avançais à la vitesse maximale que me permettaient mes béquilles, mais chaque pas m'était des plus pénibles, l'embout des cannes s'enfonçant à chaque enjambée dans la croûte blanche. Vivement la liberté, le train et Québec! De concert, le soldat et Iwan m'aidèrent à gravir l'escalier central menant au mess du colonel et des officiers supérieurs.

Cette bâtisse à moitié enneigée était la moins minable de toutes celles érigées à l'intérieur du camp.

Avec son immense cheminée qui, dressée au pignon du toit, semblait en prolonger le faîte, elle surplombait tous les baraquements. Son tertre légèrement surélevé offrait d'ailleurs aux haut gradés une vue imprenable sur le lac de l'Esprit, le balcon qui ceinturait le second étage constituant la première loge.

Notre entrée dans la salle à manger enfumée fut à peine remarquée. Les officiers prenaient le thé dans une atmosphère de chuchotements feutrés, assourdis par le bruit des petites cuillers au fond des tasses de porcelaine. La lueur blafarde qui s'échappait du bec des lampes à gaz jaunissait les nappes d'une douzaine de tables. Piqués sur les murs, photographies, cartes géographiques et dessins faisaient office de tapisserie. Je remarquai au fond de la pièce un piano droit, dont le clavier était fermé. Des papillons se mirent à me tourbillonner dans l'estomac, réveillés par les délicieux fumets des rôtis de bœuf qui se dégageaient des cuisines. Les mets qu'on préparait pour les officiers n'avaient rien à voir avec le breuvage à l'eau de vaisselle qu'on m'avait servi à l'infirmerie dans la matinée.

– « Nous regardons le même soleil, mais nous ne mangeons pas le même dîner », marmonnai-je à l'intention d'Iwan.

– Je ne connais personne qui utilise mieux les proverbes pessimistes que toi, répliqua mon frère d'un ton bourru.

Je retins un sourire. J'étais peut-être défaitiste, mais ça ne durerait pas. Et ce, grâce à l'intervention d'un certain médecin que je venais justement de repérer et vers lequel nous nous dirigions en droite ligne.

Nous nous arrêtâmes donc à la table du major Williams qui terminait son repas en compagnie du colonel Rodden et de l'interprète Joseph Nordman. Le moment me semblait solennel. Pourtant, bien qu'ils aient eu tous trois une excellente nouvelle à nous annoncer – notre libération imminente –, les officiers demeuraient imperturbables, comme l'exigeait sans doute leur protocole militaire.

Je lançai un regard confiant au médecin. Bizarrement, celui-ci détourna le sien pour nous désigner des chaises sur lesquelles Iwan et moi nous empressâmes de nous asseoir. Mon frère triturait sa casquette à oreillettes. Il la faisait rouler entre ses doigts en fixant la brioche intacte qui refroidissait dans l'assiette du major. Après avoir jeté un coup d'œil satisfait sur mon plâtre, le colonel prit la parole sur un ton officiel.

– Le camp de Spirit Lake s'approvisionne en vivres et en produits frais au village d'Amos, à cinq milles à l'ouest d'ici. Au bas mot, il y a là une population de cinq cents Canadiens-Français qui parlent assez mal l'anglais et pas du tout l'ukrainien, commença-t-il.

Aucune allusion à notre libération ou à mon âge faussé sur le rapport de Wotton ne fit trembler ses lèvres.

« Mais où veut-il en venir avec son cours de géographie accéléré ? » m'impatientai-je en mon for intérieur en tapant du pied – le pied valide, bien sûr.

– Cette mauvaise communication entre l'armée, les prisonniers et les commerçants complique considérablement les achats et provoque de regrettables erreurs. Elle demande de la part de notre interprète, M. Nordman, de nombreux déplacements à Amos, poursuivit-il assez laborieusement. Quand il est là-bas, il n'est pas ici, c'est évident.

– C'est évident, répéta le major en allumant un cigarillo.

C'est M. de La Palice qui aurait été content. Je soupirai d'exaspération. Le principal intéressé, l'interprète Nordman, croisa les bras d'un air renfrogné. Ce type avait une tête qui ne me revenait pas. Rodden se pencha alors vers Iwan et moi. Son haleine sentait l'ail. Ses yeux clairs et pétillants fixèrent les miens.

« Ça y est, il nous annonce que Nordman va nous conduire à la gare d'Amos ! » me dis-je en esquissant un sourire confiant.

– Le major Williams m'a informé de votre grande facilité à parler le français, messieurs. C'est pourquoi je vous offre un travail hebdomadaire à titre d'interprêtes pour l'armée canadienne. Si vous l'acceptez, vous serez rémunérés vingt-cinq cents par jour, comme le sont les soldats. C'est très bien, vingt-cinq cents par jour. Vous pourrez œuvrer à Amos ou à Lillienville, selon les exigences de M. Nordman.

Ma bouche s'ouvrit béatement. Assommé, je fixai le vieil officier d'un air ahuri. « J'ai sans doute mal compris », me dis-je. Je cherchai avec désespoir les iris gris du médecin. Mais celui-ci évitait toujours soigneusement de me regarder, préférant mordiller son cigarillo avec une application soutenue, comme si toute sa vie en dépendait. Je me sentis soudain cruellement trahi. Une vague de chaleur balaya mon visage. Ma mâchoire trembla et je serrai les dents. Instinctivement, je fermai les poings. Comment avais-je pu tant me tromper sur les intentions du major et lui accorder ma confiance? Ce fourbe, ce mollusque sans colonne vertébrale nous avait fait libérer de prison, mais pas de Spirit Lake! compris-je enfin, désabusé. Pis, il cherchait maintenant à nous exploiter à petits salaires comme interprètes!

Je maîtrisai avec peine ma colère: qu'est-ce que cela m'aurait apporté de trépigner, de crier ou de me révolter? C'était bien ma faute si j'étais déçu, si je m'étais inventé une histoire de libération à laquelle j'avais cru. Un flot de déception s'échappait de mes yeux et m'inondait les joues, un flot impossible à maîtriser. Le vieux colonel me tapota l'épaule, croyant sans doute à des larmes de joie. Iwan avait bondi sur ses jambes.

– Peter et moi acceptons avec plaisir, bafouilla-t-il avec précipitation en tendant une main empressée, que l'autre ignora. Vous ne regretterez pas de nous faire confiance.

Tu parles... C'est qu'il semblait sincère, le frangin ! Ne sachant que faire de sa main, Iwan la fourra finalement dans sa poche. Je secouai la tête, découragé par son ridicule optimisme. Et dire qu'il me traitait d'alarmiste... Rodden le détailla en souriant.

– Puisque vous semblez plus âgé que votre ami, vous pourrez si vous en avez envie travailler pour la compagnie de chemin de fer et servir d'interprète aux hommes affectés à l'entretien de la voie. On vous paiera alors un dollar et demi par jour, en plus d'être logé et nourri.

– Formidable... siffla Iwan en retombant sur sa chaise.

Mon frère ne songea pas une seconde à dénoncer l'erreur de Wotton quant à mon âge. Le vieillard revint à moi :

– Il va sans dire que nous ne pouvons complètement annuler la sanction que vous a imposée ce matin le capitaine Wotton, Gaganovitch. Vos quinze jours de corvée débuteront donc demain. Plus tôt

103

aurez-vous purgé cette peine, plus tôt commencerez-vous votre travail d'interprète pour le gouvernement canadien aux côtés de M. Nordman.

Ce dernier se saisit de la brioche à la cannelle qui séchait dans l'assiette du major. Il y mordit férocement puis mâcha sa bouchée en me fixant d'un air buté et furieux. « Tiens, me dis-je. Il n'est pas d'accord avec la décision du colonel, celui-là. »

Le conscrit qui nous servait d'escorte revint nous chercher. Iwan jubilait.

– Tu te rends compte, Peter ? Tu t'imagines la chance que nous avons ? gloussait-il. Vingt-cinq cents par jour pour toi et un dollar et demi pour moi, c'est une petite fortune ! Nous pourrons nous acheter un tas de trucs et de sucreries à la cantine du camp ! Du chocolat, de la gomme à mâcher, des tablettes à dessiner, du…

Je m'agrippai à lui, bouleversé.

– N'accepte pas ce travail, Iwan ! S'il te plaît, ne me laisse pas tout seul à Spirit Lake ! suppliai-je.

Il me serra très fort contre lui. Sa respiration saccadée me prouvait qu'il retenait un sanglot.

– Mais non, bébé à sa mamie, je ne partirai pas, murmura-t-il en m'ébouriffant les cheveux. Vingt-cinq cents par jour, ça sera bien suffisant pour moi aussi.

Soulagé, je ne répondis rien. Après tout, ni lui ni moi n'avions la moindre idée de ce qu'un cent ou de ce qu'un dollar canadien pouvait valoir. En revanche, bien que j'eusse un doute quant au danger d'accepter un salaire, même minime, du gouvernement canadien, notre liberté, elle, n'avait pas de prix. Ce travail d'interprètes nous permettrait assurément de mettre le nez hors de notre enclos à poulets. C'était déjà un bon début.

Le vent était tombé et un calme absolu régnait à présent sur le lac de l'Esprit. Le petit monticule où se dressait le mess des officiers, face au mirador, nous offrait une vue d'ensemble sur tout le camp de concentration. Les barbelés couverts de givre et de frimas étincelaient sous les rayons d'une pleine lune rose bonbon. Les pics d'acier qui se détachaient dans le ciel ressemblaient à des épis sculptés dans la glace. Un immense, mais terrible vide m'assaillit, comme si tous ces fils de fer délimitaient l'entrée de mon tombeau.

– C'est beau, fit Iwan.

– Ouais... répondis-je.

– Ouais, renchérit à son tour le soldat Blondin.

– Le major Williams ne cherche qu'à t'aider, Peter. Il t'a plâtré la jambe pour t'éviter le chantier. Tu serais complètement idiot de lui tenir rancune, ajouta mon frère comme s'il lisait dans mes pensées.

– Ouais, ouais...

Je grognai et nous nous mîmes à descendre l'escarpement rocheux, empruntant pour cela l'escalier bien nettoyé, puis le chemin creusé dans la neige comme un profond fossé. La rigueur du climat avait rendu la neige si sèche et si légère qu'elle croustillait sous nos pieds, semblable à de la meringue glacée. En dépit du froid mordant qu'apportait la pleine lune, nous marchions lentement pour étirer encore ce moment de paix. Mes béquilles nous offraient la meilleure des excuses pour ne pas nous presser, peu importait la douleur qu'elles m'infligeaient aux aisselles. Le soldat à la balafre s'arrêta à mi-chemin pour allumer une cigarette et, d'un geste, nous en offrit une à chacun.

C'était ma première cigarette, une espèce de clou de cercueil jaunâtre, court et sans filtre, au goût on ne peut plus abominable. Nous fumâmes en silence, en admirant les milliers de points qui scintillaient dans le ciel d'encre. Je crois n'en avoir jamais vu autant. Je me souviens des efforts désespérés que je fis pour ne pas tousser. Peine perdue. Une étoile filante piqua du nez. « Une étoile qui tombe, c'est quelqu'un qui meurt », aurait dit mamie. Je fis le vœu de retrouver ma grand-mère avant l'été, même si je devais pour cela m'évader par le trou des toilettes comme l'avait tenté Jozef.

— Hier, j'ai vu une étoile aussi grosse qu'une orange s'arrêter juste au dessus du lac, assura tranquillement le militaire. Il se passe des choses étranges ici. Il y a un tas d'hommes qui perdent la boule et qui sont transférés dans des hôpitaux psychiatriques.

Iwan me fit un clin d'œil en gloussant. Dans l'enceinte barbelée, l'éclairage des bâtiments se mit soudain à décliner. On baissait l'intensité des lampes qui éclairaient les baraques. Une à une, les fenêtres s'éteignirent. Soudain, une sirène stridente retentit à tue-tête, ce qui faillit bien provoquer une double crise d'apoplexie.

– Il est neuf heures, c'est le couvre-feu. Pressons le pas, nous dit simplement Blondin en jetant son mégot au loin.

Nous réintégrâmes la baraque quatre alors qu'elle allait plonger dans l'obscurité. Il y faisait froid, mais j'étais soulagé d'y loger avec Iwan plutôt que d'être assigné au village de Lillienville comme l'étaient les familles avec femmes et enfants.

Le responsable du camp, un détenu haut sur pattes et accoutré d'une chemise de nuit passée sur un long caleçon, nous accueillit avec mauvaise humeur. Ses épais sourcils charbonneux accentuaient son front allongé et son crâne dégarni, crâne à la frontière duquel poussait une épaisse et longue chevelure couleur sel. Vraiment, quelle allure…

– Moi c'est Iwan Nikolaiczuk, lui c'est Peter Gaganovitch, nous présenta mon frère à mi-voix. Et vous ?

Peu loquace, l'homme grogna quelques mots inintelligibles – je ne comprenais rien au tchèque à l'époque –, se fourra un béret sur la tête avant de nous désigner d'un air bourru deux couchettes superposées inoccupées. Je me souviens de m'être demandé si ce type dormait avec sa faluche.

– *Bystre! Rychle!* chuchota-t-il, l'index collé à ses lèvres blafardes.

Iwan choisit aussitôt le matelas suspendu au-dessus du mien.

– Pas question que tu dormes en haut, tu pourrais être somnambule, décréta-t-il.

Je m'étendis tout habillé sur la paillasse du bas, éventrée et bourrée de branches de sapin, après avoir roulé mon manteau pour m'en faire un oreiller. Le dénommé Bystre Rychle éteignit la lampe. Sans aucune raison, je me mis soudain à rire. D'abord en sourdine, puis à gorge déployée. C'était nerveux et plus fort que moi. Les grognements s'élevaient autour de mon lit, les toussotements déferlaient, les murmures mécontents fusaient.

– Mais cesse donc, tu vas réveiller tout le monde! me tança Iwan, de la couchette supérieure.

– Silence! me cria-t-on en ukrainien, en russe, en hongrois et en d'autres langues que je crus être de l'allemand et du turc.

Mais plus on m'ordonnait de me taire, moins j'en

étais capable. À tant m'entendre, Iwan finit par s'esclaffer aussi, ce qui décupla encore mon hilarité. Mes épaules sautaient, j'avais mal au ventre. Le chef de la baraque s'approcha de ma couchette avec sa lampe. Il était furieux.

– Vous l'avez vu, ce blanc-bec ? hurla-t-il en ukrainien avec un accent épouvantable. Si ça continue, le capitaine Wotton va m'obliger à tenir une crèche et une pouponnière ! Tu vas t'arrêter de rire tout de go, sacrebleu !

– Oui, monsieur Rychle, répondis-je en m'efforçant de reprendre mon sérieux.

De grands éclats de rire déboulèrent alors dans toute la baraque.

– Ah ! Tu veux faire ton drôle et faire rigoler les autres ? Eh bien, tu l'auras voulu ! hurla mon interlocuteur. Je refuserai ton transfert à Lillienville demain, tu m'entends ? Tu resteras ici ! Je te materai, moi ! « À bois noueux, hache affilée » !

– Mais qu'est-ce que j'ai dit ? gémis-je.

– *Rychle*, ce n'est pas son nom, cornichon, ça veut dire « et que ça saute » en tchèque ! gloussa un de mes voisins.

De guerre lasse et totalement épuisé, je m'enfouis la tête sous les couvertures, où ma rigolade se transforma peu à peu, à la pensée de mamie, en spasmes et en pleurs.

À cette heure tardive, qu'était-il advenu de la vieille femme, seule et perdue dans l'immensité du Canada ? L'avait-on logée et nourrie ? Sa mémoire était peut-être à nouveau défaillante.

– Mamie, où es-tu, ma petite mamie d'amour ? sanglotai-je.

Cette nuit-là, je rêvai de la jeune autochtone entrevue sur un quai de bois de la gare d'Amos. Nous buvions une limonade en mangeant des morceaux de ma grand-mère. Quel stupide cauchemar !

Spirit Lake, nuit du 13 mai 1915.

Une douleur intolérable à la tête m'arrache un nouveau gémissement. Spontanément, j'ai le réflexe d'y porter la main. La souffrance est glacée et aiguë comme les pics des barbelés. Des larmes aussi désespérées qu'inutiles me jaillissent des yeux. La scène de ma chute vertigineuse repasse pour la centième fois sur l'écran de ma mémoire. Je tombe à l'infini. Pendant ce moment où le temps s'arrête – l'éternité –, je comprends confusément que quelqu'un m'a poussé dans le vide. Ce cri affreux n'est pas le mien. Ce corps qui se fracasse n'est plus à moi. Je deviens un spectateur foudroyé. Puis, juste avant le trou noir de l'inconscience, la silhouette de Nordman, debout au bord de l'escarpement avec sa cravache, s'impose à moi.

Cette image ravive alors le souvenir que la douleur a si précautionneusement déposé dans un autre gouffre, celui de l'amnésie. Et vlan ! D'un coup, je me souviens de tout. Le coupable, c'est l'interprète. Le coupable, c'est Nordman.

Mais à quoi bon remettre ce morceau de puzzle en place s'il contribue à ce que la gangrène, elle, gagne du terrain ? Pas la gangrène physique comme celle qui ronge le pauvre Jozef, bien sûr. Mais l'autre, bien pire parce qu'invisible. Car la rancune est aussi une gangrène, une gangrène de l'âme. Elle fait claquer mes dents et rallume le feu de ma fièvre. Je me suis sorti du trou noir. Le temps pendant lequel je m'y suis promené – dix jours ou dix heures – n'a aucune importance. Et si je survis – ce dont je doute –, c'est que je guérirai, c'est que je trouverai un nouveau paradis sur mon chemin. Mais je n'y tiens pas. Près de moi, j'entends grand-mère Zabalète qui soupire.

J'allonge le cou et renverse la tête en arrière pour accrocher mon regard embué aux étoiles qui brillent derrière la vitre. Sous mes larmes et à travers la couche de givre, elles ressemblent aux bougies qu'on allume la nuit de Noël dans les sapins.

— Je suis prêt à te dicter mon dernier chapitre, mamie, je murmure en petit russe, le souffle court.

— Je ne suis pas ta *babouchka*, mon enfant, me répond une grosse voix bourrue. D'ailleurs, il n'y a aucune grand-mère à Spirit Lake. Ici, toutes les femmes sont de jeunes mamans. Moi, je suis Ambroziy Redkevych, le prêtre ukrainien.

Mes paupières s'entrouvrent et j'entrevois dans la pénombre, le temps d'un souffle, l'homme à barbe et à chapeau carré qui se penche sur moi pour me bénir. Je ferme les yeux. Une croix sur mon front.

Spirit Lake, le 18 février 1915.

La trompette creva le silence aux quatre coins du camp. Je m'assis raide dans mon lit, le cœur affolé. Accoutumés à ce réveil musical brutal, les prisonniers se levaient en râlant et allumaient les lampes. Dans le camp, la température avait chuté en dessous de zéro. Je demeurais pourtant prostré dans un état semi-comateux, poursuivi par mon cauchemar, d'une réalité à couper le souffle.

Ce rêve était à la fois fabuleux et terrifiant. D'abord je rêvais que je dormais, ce qui était en soi plutôt reposant, notre baraque tremblant sous les ronflements des prisonniers. Une lumière aveuglante me réveillait alors, balayant d'un mince jet rectiligne le camp plongé dans la pénombre. Intrigué, je saisissais mes béquilles pour me diriger vers la porte, que je franchissais sans plus de préambule, à la barbe des sentinelles qui roupillaient aussi. Plus loin, près des

113

guérites, des soldats s'étaient également assoupis. Le camp entier semblait engourdi, ce qui était des plus étranges, et ce qui me fit songer en rêve, je m'en souviens, au château du conte de Perrault, *La Belle au bois dormant,* que nous contait mamie enfants. C'est à ce moment que je levais les yeux vers le ciel. Et ce que j'y vis allait devenir l'image la plus invraisemblable et la plus grandiose qu'on puisse imaginer. Même en rêve.

Un disque figé flottait très haut au-dessus du camp et du lac de l'Esprit, bouchant à lui seul tout l'horizon. Et ce disque, dont la rondeur frisait la perfection, était une immense cité illuminée. Tandis que mon cri d'exclamation crevait l'extraordinaire silence accompagnant l'apparition, quelque chose s'en détachait pour fondre sur moi à une vitesse vertigineuse. L'impact se terminait par un trou noir. Puis, pire encore, par l'apparition soudaine et inusitée du gros nez de Rychle, le chef de baraquement, contre le mien.

Je me frottai à nouveau le visage d'un geste raide afin de chasser l'image. Mon frère s'affairait toujours sur le lit du haut, sans doute occupé à plier ses couvertures.

– Ça va, Peter ? demanda-t-il, la tête tendue vers moi.

Je revins dare-dare à la réalité et au branle-bas de combat qui agitait la baraque. Les gestes des prison-

niers étaient monotones, mornes, saccadés : on s'ha-
billait et on faisait les lits ; on cassait la glace dans les
brocs pour se débarbouiller ; on dressait le couvert.

– J'ai fait deux rêves complètement idiots, grognai-je en me remémorant du même coup celui dans
lequel je grignotais grand-mère.

– T'as fait une crise de somnambulisme, affirma
Iwan. Je t'ai entendu te lever au milieu de la nuit.

– Encore ?

J'étais somnambule depuis mon plus jeune âge.
On affirmait que je dormais alors si profondément
que nul ne parvenait à me réveiller, de sorte qu'au
matin, je ne me souvenais jamais de mes prome-
nades nocturnes. Cette manie bizarre avait teinté ma
petite enfance d'anecdotes farfelues et de mésaven-
tures de tout acabit : combien de fois grand-mère
m'avait-elle surpris à faire pipi dans les plantes, dans
les garde-robes ou dans les poubelles, ou encore à
taper sur sa vieille machine à écrire ? Tout ça, il est
vrai, n'avait rien de bien dangereux. Il m'était cependant arrivé d'enjamber la rampe – nous logions au
deuxième – pour me jeter tête la première dans la
cage de l'escalier. Je m'étais réveillé en déboulant les
marches, heureusement sans me faire la moindre
ecchymose. Tout cela était resté anodin jusqu'à une
certaine nuit de janvier où notre voisin, M. Roth,
m'avait retrouvé à un demi-kilomètre de la maison

qui marchais pieds nus et en pyjama au milieu de la chaussée enneigée. Dès lors, mamie s'était mise à verrouiller la porte avant d'aller au lit et à suspendre des clochettes à toutes les poignées.

S'il n'y avait à Spirit Lake ni verrous ni clochettes d'alarme pour me protéger de moi-même, le camp était en revanche drôlement équipé de sentinelles!

– Pff, je n'ai pas dû aller bien loin! pouffai-je de rire.

Un coup de sifflet me cloua le bec. Muni de sa montre de poche, notre chef de baraquement s'approchait en gesticulant.

– *Rychle! Rychle!* fulminait-il entre les hideux sifflements.

Il fondit sur moi, toujours assis dans mon lit, et comme il allait m'attraper par l'oreille – ce qui était assez facile étant donné la dimension de mes pavillons –, un détenu lui saisit le poignet au même moment:

– Hé, le cartographe, faudrait pas perdre la boussole! l'interpella-t-il. Ce gamin est blessé à la jambe, fiche-lui donc la paix!

– Hou, monsieur Rychle! Hou, monsieur Et-que-ça-saute! se mit à claironner un autre fanfaron, puis un troisième encore.

Quelle chorale! Une douce chaleur se diffusa dans mon thorax pour me nouer la gorge. Ces hommes cherchaient-ils donc tous à prendre ma défense? Le surnom dont j'avais, sans le vouloir, baptisé le responsable de la baraque le soir précédent allait lui rester pour de bon. Et c'était bien fait. Rychle, c'est-à-dire « Et que ça saute ». Je me mis à rigoler.

– Tu me le paieras, sacrebleu! maugréa celui-ci avec son curieux accent, un poing brandi dans ma direction.

Il tourna les talons et battit en retraite sous une pluie de ricanements, s'enfonçant à deux mains sa faluche sur le crâne.

– Allez, bouge-toi un peu, tire-au-flanc! me lança encore Iwan. Ce type est une peste. Sa maman chérie ne lui a pas enseigné que l'humeur est un vêtement qu'on choisit chaque matin et que...

Je me bouchai les oreilles sur le baratin d'Iwan le Terrible. À l'instar du vrai – c'est-à-dire le tsar Ivan Vasilievitch IV qui avait bien mérité ce surnom à cause du nombre effarant de gens qu'il avait fait décapiter, empaler ou brûler vifs –, mon frère appliquait un traitement identique aux pensées défaitistes. Ne capitulait-il donc jamais, celui-là? Ses discours sur le bonheur, moi, ce matin...

– Allez, debout! Hop!

Il sauta près de mon lit et, d'un mouvement ample, écarta ma couverture. Il se figea net, les yeux rivés à ma jambe.

– Ben, ça alors... siffla-t-il. Qui t'a fait ça?

Je me pétrifiai aussi, estomaqué : mon plâtre avait disparu ! Ma jambe blessée reposait sagement à côté de sa jumelle valide. Je touchai mon mollet, pliai le genou et les orteils en les tâtant avec circonspection. Toute douleur avait disparu. Je haussai les épaules sans comprendre comment pouvait s'être produit un pareil miracle.

Vérifiant à la dérobée qu'on ne nous voyait pas, Iwan se saisit d'une guenille qui pendouillait à un clou et me banda le pied et le mollet séance tenante.

– Fais semblant d'être toujours blessé, sinon ce pisse-vinaigre de Rychle t'en fera voir de toutes les couleurs, m'ordonna-t-il dans un chuchotement.

J'obéis, m'affairant mollement à mes tâches avec mes béquilles. Mon cerveau était en état d'alerte. Le soldat Blondin ne nous avait-il pas affirmé la veille qu'il se passait des choses étranges au lac de l'Esprit ? Il n'y avait rien de miraculeux à ce que ma douleur ait disparu, le major l'ayant prédit. Mais l'évaporation pure et simple d'un plâtre, ça, c'était un tour de force.

Des prisonniers apportaient des cuisines de grands plats fumants qui contenaient des pommes de terre, du pain, du lard salé, du sirop sucré ainsi que du café. « Il n'y en a pas assez pour tout le monde », calculai-je, les sourcils froncés. Affamés, nous engloutîmes nos demi-portions sans sourciller, délaissant le lard verdâtre à l'odeur suspecte. À l'autre bout de la table, le cartographe me jetait des regards bizarres, presque amicaux. La vaisselle fut promptement lavée. Puis un premier groupe d'hommes partit en longue file vers le chantier d'abattage, en dépit de la température qui frôlait les quarante degrés sous zéro. L'un des prisonniers, un gaillard d'un mètre quatre-vingts, refusa net de suivre.

– Faisons la grève, les gars! Les Canadiens n'ont pas le droit de nous obliger à travailler! C'est la convention de La Haye qui le dit! cria-t-il en ukrainien. Le travail doit se faire sur une base volontaire. L'armée doit nous nourrir et nous loger gratuitement et convenablement. Ce qui inclut un meilleur chauffage et de plus grosses rations!

– Il a raison! renchérit un autre. Les officiers nous obligent à couper du bois qu'ils revendent ensuite à l'armée. Ils s'en mettent plein les poches en nous exploitant à petits salaires!

– L'interprète Jos Nordman vole l'argent qui sert à acheter notre nourriture! hurla encore un troisième en brandissant un poing furieux. Les cuistots me l'ont dit!

La révolte montait à la façon d'une soupe au lait, mais la réplique tomba, tout aussi bouillante:

– Réfléchissez, gamins. Vous voulez donc que les enfants de Lillienville se les gèlent? tonna Rychle.

L'armée n'en a rien à faire que les femmes et les gosses meurent de tuberculose parce que vous refuserez de travailler et qu'il n'y aura plus de bois de chauffage. Ça leur fera moins de bouches à nourrir! « Jeux de chats, pleurs de souris! »

– Tiens, il est comme toi, ce type : il a attrapé la maladie des dictons! maugréa Iwan dans mon dos.

La rébellion se désagrégea aussi rapidement qu'elle avait débuté. Mon voisin de table m'informa que notre chef de baraquement était professeur de cartographie et de géographie à l'université de Prague. En dépit des apparences trompeuses, il était très respecté des hommes. La plupart des prisonniers s'était vu affecter à dix heures par jour de travaux forcés, ayant refusé de s'engager librement dans l'armée canadienne. L'approvisionnement en bois de chauffage pour les camps des détenus et des familles faisait partie de ces travaux.

Pour contrer le froid sibérien qui régnait ici et pour maintenir dans les bivouacs un chauffage minimal, la tâche exigeait évidemment d'abattre d'énormes quantités de bois. Ce précieux combustible était sans contredit une question de survie pour nous tous. La file de bûcherons ne reparaîtrait donc qu'en fin d'après-midi, longue chaîne disloquée de maillons d'hommes épuisés et grelottants, tirant des douzaines de traîneaux dans lesquels s'empileraient les indispensables bûches. Jozef Heilik, libéré à l'aube de sa geôle, compterait parmi ces forçats. Nikolay Kapp, pour sa part, fut promu palefrenier à l'écurie de l'état-major.

Ce matin-là, Iwan fut désigné comme interprète au village de Lillienville, ce qui lui attira aussitôt des embêtements. Deux prisonniers plutôt costauds l'acculèrent violemment dans un coin pour le tabasser.

– Si le Canada perd la guerre, lui crachèrent-ils au visage en le martelant de coups de pied, on te considérera comme un traître au même titre que les zélés qui s'engagent dans l'armée canadienne ou pour la compagnie de chemin de fer. Ou tu refuses de travailler pour le gouvernement canadien, ou on te casse la figure, t'as pigé, demi-portion?

Iwan ne chercha même pas à se dégager.

– N'oubliez pas que c'est à titre d'interprète qu'on m'emploie, répondit-il avec douceur. Je traduirai comme bon me semble tout ce qui sortira de la bouche de ces abrutis de soldats. Ce que je veux avant tout, c'est protéger les prisonniers. Tel que je me connais, tout mon salaire passera à payer des sucreries aux enfants...

Ils le lâchèrent aussitôt et replacèrent son chapeau. Iwan venait de gagner leur respect. Ce fut donc d'un pas joyeux qu'il partit pour Lillienville aux côtés de Jos Nordman, tandis qu'une seconde file de détenus s'éclipsait en direction du chantier. Les autres s'essaimèrent vers les divers ateliers de travail parsemés dans l'enceinte : cordonnerie, boulangerie, menuiserie et incinérateur de déchets. Je me retrouvai bientôt seul à la table avec mon garde-chiourme, monsieur Et-que-ça-saute en personne, affecté lui-même au ravitaillement du poêle à bois de notre baraque.

En fait, je m'attendais à passer un bien mauvais quart d'heure. Aussi tressaillis-je lorsque l'individu s'approcha. Je feignis une violente douleur à la jambe pour contrer l'attaque. Geste inutile, puisqu'il ne fit que déposer devant moi, avec un certain fracas il faut bien l'admettre, un épluche-légumes ainsi que deux énormes sacs remplis de pommes de terre à moitié pourries. Et à mes pieds une caisse en bois.

– Tu y mettras toutes tes épluchures, hein ? fit-il en esquissant un sourire angélique.

Sa demande avait été trop polie pour ne pas me paraître louche.

– C'est bon, l'eau-de-vie fabriquée avec des pelures de patates ? devinai-je, un sourcil relevé d'un air condescendant. Chez nous, on préfère celles faites avec des grains fermentés : la vodka et le kwas. Je connais bien l'alcool frelaté, ma grand-mère en préparait. Si je vous garde les épluchures, je veux cinquante pour cent des profits.

– Sacrebleu…

Le responsable de la baraque s'étrangla puis, furieux, me tourna le dos, son béret renfoncé à deux mains sur sa boîte crânienne. Néanmoins, comme le dit un proverbe, « Qui ne dit mot consent ». Réfugié dans un silence rébarbatif derrière son journal, il se contenta de m'épier du coin de l'œil pour surveiller la destination finale des épluchures.

Les hommes revinrent du travail vers la fin de l'après-midi, frigorifiés, éreintés et particulièrement affamés. On ne les avait nourris qu'au lard cru, avarié et raidi par le froid. L'un des hommes hurlait ; il avait perdu la vue, le froid lui ayant gelé les yeux. Quant à Jozef Heilik, il avait été assommé par la chute d'un arbre mais s'en était heureusement sorti avec deux ou trois égratignures.

Iwan ne rentra de Lillienville qu'à la nuit tombante. Il était pensif, silencieux et vaguement furibond, ce qui ne lui ressemblait pas. Je tentai de lui tirer les vers du nez au milieu du repas. Les tables étaient bondées. Nous conversions en français afin que personne ne puisse comprendre notre conversation.

– Les prisonniers de la classe supérieure n'ont pas à travailler, me révéla enfin Iwan. Leurs professions équivalent à des rangs d'officiers ! Et parce qu'il est dentiste et allemand, cet Emmet Zeller de malheur bénéficie à lui tout seul d'un meilleur logement et d'une meilleure nourriture que toutes les familles de Lillienville réunies! Il passe ses journées à se la couler douce, cloîtré dans son logis, à sculpter des revolvers de bois factices, sans peiner comme les autres ou risquer de se faire des engelures. Il refuse même de soigner les dents des enfants, surtout des enfants ukrainiens!

– Et sa fille Tatjina?

Il baissa la voix, son regard se fit fiévreux.

– Elle m'a embrassé, me révéla-t-il sans même rougir. Ce matin, elle est venue me rencontrer sous un faux prétexte, pour que je lui traduise une demande d'emploi qu'elle a adressée au capitaine Wotton. Quand les militaires se sont éloignés, elle m'a donné rendez-vous dans une petite masure, un peu à l'extérieur du village, dans le bois qu'on nomme ici le bois du capitaine. Je l'y ai rejointe. Tatjina pleurait. Elle m'a avoué détester son père. Ce type est un vrai dictateur. Sa femme est morte de chagrin à force d'obéir à cette brute.

– N'oublie pas que Tatjina doit se marier, répliquai-je durement, en refusant de m'apitoyer sur son sort.

– Si elle a accepté d'épouser son cousin canadien, c'est simplement pour plaire à son paternel. Je l'aime, Peter. Toi et moi la connaissons depuis toujours.

Qu'avait-il à devenir romantique et à courir après les ennuis, celui-là ?

— Mais qu'est-ce que tu racontes ? m'impatientai-je bêtement.

— Peut-être te souviens-tu d'Anna, la fille d'Olga, la vieille amie révolutionnaire de grand-mère ? s'enquit Iwan. Tu n'avais que cinq ans à l'époque, mais moi j'en avais dix.

— Olga la violoncelliste ? L'armée l'a fait assassiner avec sa fille.

— Erreur, petit frère. Anna est devenue Tatjina. Après la mort de sa mère, elle a été adoptée par les Zeller, émigrés à ce moment-là en Russie.

J'éclatai de rire.

— Ne me fais pas marcher ! rétorquai-je.

Près de nous, à la longue table, des hommes entamèrent une bruyante partie de cartes.

— Anna avait dix ans quand sa vraie mère a été assassinée, poursuivit Iwan en baissant encore la voix d'une octave, comme si quelqu'un pouvait l'entendre à travers ce tohu-bohu. Avant-hier, quand les soldats m'ont amené en prison, rappelle-toi, j'ai chanté le chant des paysans révolutionnaires. C'est à ce moment-là qu'elle nous a reconnus.

Je cessai subitement de sourire. L'histoire était si invraisemblable qu'elle risquait d'être vraie. N'avais-je pas cru moi-même reconnaître la jeune femme lors de notre rencontre dans le train ? Je l'avais prise pour une espionne ! Comment une telle coïncidence pouvait-elle s'avérer un simple hasard ? La vie avait parfois de ces revirements... Iwan m'empoigna l'avant-bras pour se pencher vers mon tympan.

– Nous allons nous évader de Spirit Lake, Peter. Avec Anna. Je ne sais pas au juste quand ni comment, mais nous retrouverons grand-mère, souffla-t-il.

Mon cœur se crispa.

– Et si nous manquons notre coup ? balbutiai-je en pâlissant.

– Aucun danger, dit-il en ricanant. Il est interdit aux soldats de tirer sur les fuyards ou de les punir s'ils reviennent volontairement au camp. Convention de La Haye.

– De la haie d'arbustes ? gloussai-je, pour me donner contenance et cacher mon ignorance.

– C'est un accord de guerre entre pays ennemis, bébé.

Le cartographe s'approcha. Mon frère se mit subitement à parler très fort.

– Tu as épluché deux cents pommes de terre aujourd'hui ? rigola-t-il en petit russe. Quelle corvée idiote, mon pauvre vieux !

Évidemment, je ne réussis pas à fermer l'œil de la nuit. S'esquiver de Spirit Lake n'était pas une mince affaire. Iwan avait-il oublié que la cour intérieure du camp était gardée jour et nuit par un mirador et qu'elle était éclairée en permanence ? Se souvenait-il que le camp était sous la surveillance de sentinelles, auxquelles il faudrait bien sûr se dérober ? Et puis, il y avait ce maudit champ de parade où nous serions à découvert, le temps de le franchir. Je me torturais la cervelle pour trouver une façon d'escalader les pics des barbelés sans nous faire hara-kiri. Et quand bien même nous surmonterions ces épreuves, Wotton, lui, ne lâcherait pas si facilement le morceau. C'est-à-dire nous. Le satané capitaine, qui faisait deux fois par jour l'appel de tous ses prisonniers, ne tarderait pas à constater notre disparition et à se lancer à notre poursuite. Où diable Iwan croyait-il que nous pourrions nous réfugier au milieu de cette nature hostile, à je ne sais combien de degrés sous zéro ?

Spirit Lake, nuit du 13 mai 1915.

Mes paupières s'entrouvrent et je vois dans la pénombre l'homme à grosse barbe et à chapeau carré qui se penche sur moi. Je reconnais Ambroziy Redkevych, le prêtre ukrainien du camp. Seules quelques secondes semblent s'être écoulées depuis ma dernière somnolence. Le temps se fragmente, il n'a plus la durée fixe que je lui connais. Il est truqué comme le chapeau d'un magicien.

– Tu te souviens certainement de moi, poursuit-il, cherchant à me faire réagir. C'est moi qui ai marié Iwan et Tatjina. Il n'a pas été très orthodoxe, ce mariage, si je puis dire sans mauvais jeu de mots. Mais la pauvre enfant n'avait pas beaucoup le choix. Il fallait bien donner un papa au petit qui va naître... Ah! si j'avais deviné tout le mal que causerait ma bonne intention...

129

Je me remémore ces rendez-vous secrets dans la masure du bois du capitaine, à l'entrée de Lillien-ville, rendez-vous dont je me suis si souvent rendu complice. Les amoureux s'y échangeaient des baisers impudiques et passionnés, et je refermais la porte sur eux, guettant l'arrivée d'un soldat ou du dentiste. Iwan était heureux et moi un peu jaloux. Non, pas jaloux quand j'y pense, mais triste. Je savais que je venais de perdre Iwan pour toujours, que notre vieille complicité s'achevait à cause d'Anna.

Je ne veux plus l'entendre se confesser, ce prêtre. Il me fait mal avec ses mots et ses remords inutiles. Du reste, rien n'est arrivé par sa faute et son afflic-tion ne ramènera pas Iwan. Ambroziy Redkevych lève deux doigts pour me bénir mais je ferme les paupières.

Spirit Lake, le 20 février 1915, troisième jour de corvée.

J'avais les mains couvertes de plaies et de cloques. À peine avais-je débuté l'épluchage de mon deuxième légume qu'un soldat était entré dans la baraque pour remettre un pneumatique à monsieur Et-que-ça-saute, dont j'ignorais toujours le véritable nom. Celui-ci déroula le message, en bas duquel je crus déchiffrer la signature de Wotton. S'étant saisi de son manteau et d'une poche de jute – que je savais remplie d'épluchures –, le cartographe m'attrapa résolument par une manche.

– Je dois me rendre tout de go à Lillienville, Gaganovitch. Puisque je suis responsable de toi, tu m'accompagneras pour effectuer ta corvée là-bas. « Où va l'aiguille…

– … le fil suit », complétai-je dare-dare en attrapant mon propre manteau.

Il me toisa avec étonnement. Je jubilais. Il me serait enfin donné de voir ce fameux village dont tous les détenus parlaient ! Nous attelâmes un canasson, une espèce de grosse jument de trait aussi tachetée qu'un guépard, qu'un soldat avait amené à notre porte.

– Zut ! on a oublié les étriers à l'écurie, grogna Rychle. Va me les chercher, Gaganovitch. Moi, j'ai à parler au soldat chargé de notre escorte.

J'aurais juré que tous deux voulaient m'éloigner. J'obéis en faisant semblant de boiter et les sentinelles me laissèrent entrer dans la bâtisse puante. Il y faisait sombre. Ne sachant où me diriger, je m'approchai en douce des murmures qui montaient à travers les hennissements et les toussotements des bêtes. Je reconnus le vétérinaire Kapp qui brossait le cheval d'un haut gradé tout en discutant avec un autre détenu. Caché derrière la poutre où étaient accrochés les étriers, je dressai l'oreille.

– … le capitaine mène le trafic comme il l'entend, se plaignait amèrement le détenu. Il ferait n'importe quoi pour du foin, l'animal!

– Je le livrerai sans faute à l'état-major demain, répondit Kapp.

Je saisis les étriers et quittai les lieux sur la pointe des pieds. « Ça alors! C'est donc le capitaine Wotton qui orchestre le trafic de bois de chauffage illégal à Spirit Lake? compris-je confusément. Les prisonniers avaient raison. Si M. Kapp le dénonce, nous serons bien débarrassés! Il est sacrément courageux, ce vétérinaire. Je parie qu'il fera la dénonciation à Rodden en code morse. »

– Tu m'as l'air bien content, fit le cartographe en m'examinant par en dessous.

Sans répondre, je grimpai derrière lui. Puis, sous l'escorte de notre militaire monté – on dit bien « police montée », non? –, nous nous mîmes en route, en traversant les barbelés par ce même chemin qui mène à la prison, mais qui se rend au-delà jusqu'à Lillienville, point ultime de cette traversée en plein bois. Oubliant Wotton et ses magouilles, je me mis à rire sous cape en songeant à la tête que ferait Iwan s'il nous voyait arriver sur notre pouliche: mes béquilles tendues vers le haut comme des lances, le cartographe et moi ressemblions à Don Quichotte et son fidèle Sancho assis à califourchon sur la même bourrique!

Une étrange masure était bâtie à mi-chemin, camouflée par d'épais fourrés.

– Les détenus appellent ce bosquet le bois du capitaine, grommela Rychle. Il paraît qu'il se passe dans cette cabane des choses pas très… hum… Sacrebleu ! T'es bien trop jeune pour que je te raconte ça.

– J'en connais bien plus que vous ne pensez sur les filles ! répliquai-je, piqué.

Déjà, les carapaces des toits enfumés de Lillienville pointaient à travers les broussailles grisâtres. Baptisé en l'honneur d'un certain Lillien, illustre inconnu dont je n'apprendrais jamais rien, il avait été bâti à un kilomètre et demi des barbelés. D'après ce que m'en avait conté mon frère, ce bourg permettait aux détenus de vivre avec leurs femmes et leurs enfants dans une liberté quasi totale. Je m'étirai le cou pour mieux voir.

– Veux-tu faire le tour du propriétaire ? me proposa mon gardien avec bonhomie.

Étonné et attendri par sa sollicitude, j'acquiesçai. Moi qui croyais qu'il se souciait de moi comme de sa première chaussette ! À peine avions-nous franchi les abords du village que, sur un signe de Rychle – pouce sur la bouche et coude levé –, notre escorte nous faussa compagnie. Cela avait de quoi surprendre, puisque nous aurions pu tenter une cavale à n'importe quel moment. Mon guide débuta la visite à cheval comme si de rien n'était, vraisemblablement dépourvu de toute arrière-pensée quant à une évasion. Néanmoins, il avait attrapé ma pensée au vol.

– Laisse tomber cette idée de fuguer, Gaganovitch, me lança-t-il, sans même daigner tourner la tête vers moi. Y a pas un seul endroit où se réfugier dans ce foutu pays. On te retrouverait congelé en moins de vingt-quatre heures. Comme le dit un dicton, « Plus on avance dans la forêt…

– … et plus le bois est grand », soupirai-je avec lassitude.

Ce type commençait à m'agacer fichtrement avec ses proverbes idiots et alarmistes. Iwan se trompait, je n'étais pas du tout comme ça, moi.

En vérité, ce hameau de cent âmes parsemé de rochers épars tenait bien plus du bled perdu que du camp soldatesque. La surveillance semblait y être réduite à sa plus simple expression, soit une dizaine de soldats tout au plus, pour la plupart occupés à se bidonner et à fumer dans un coin. Une poignée de cabanes en rondins, serrées les unes contre les autres derrière une clôture déglinguée, s'élevaient sur un ridicule promontoire. Plus ridicule encore était ce trottoir de bois qui y conduisait. Un trottoir de bois en pleine forêt, quelle absurdité !

Quatre familles avec enfants se partageaient chacune des habitations les plus vastes, divisées en logements distincts dotés d'une salle commune. Pour leur part, les couples ou les familles sans marmots – comme les Zeller – vivaient dans des logis beaucoup plus étroits qui avaient un air de parenté avec les *khava* typiques des paysans ukrainiens.

Cet ensemble d'isbas rudimentaires, agrémenté d'une chapelle, d'une cuisine et d'une cabane à latrines avec trois trous d'aisances percés côte à côte, ressemblait à s'y méprendre à la ferme collective du village de Kolkhoz où grand-mère Zabalète avait travaillé quelques mois. Iwan et moi l'y avions bien sûr accompagnée, puisque l'endroit en question était très éloigné de Lviv. C'était alors que Kolkhoz était devenu mon enfer. Puis mon paradis.

La seule différence entre ces deux bleds perdus était la vue plongeante que Lillienville offrait sur le cimetière, où se dressaient déjà d'innombrables croix de bois. En dépit de ce lugubre panorama, mais à cause de l'absence même de barbelés, j'aurais mis ma main au feu que tous les détenus de Spirit Lake étaient prêts à troquer leurs baraques pour celles du village.

– Pourquoi Iwan et moi n'habitons-nous pas ici comme les enfants des détenus? m'informai-je auprès de mon garde-chiourme, toujours assis en selle devant moi. Nous ne sommes pas des criminels pour devoir vivre à l'intérieur d'un camp de concentration.

– Le village est réservé aux prisonniers qui ont une famille, sacrebleu. Ton père et ta mère sont détenus ici ?

– Non.

– Alors fais comme moi : endure et boucle-la !

Je compris confusément qu'en dépit de ce qu'il avait pu prétendre la veille, monsieur Et-que-ça-saute n'avait jamais été consulté quant à mon internement dans sa baraque, à l'intérieur de l'enceinte de Spirit Lake. Il n'avait en fait aucun pouvoir, n'ayant rien à redire aux ordres qu'il recevait directement du capitaine Wotton. Il encaissait et baissait les bras sans se battre, à la façon du major.

Notre bourrique s'immobilisa devant une cabane en rondins, où Rychle l'abandonna au bout de ses rênes. Sans plus s'occuper de moi, il entra à grandes enjambées dans la salle commune. J'attrapai mes béquilles pour l'y suivre au pas de course, ma jambe guérie toujours camouflée sous son bandage.

En cette heure matinale, quelques familles – dix-neuf personnes au total, femmes et enfants confondus – finissaient d'avaler leur petit déjeuner. Les épouses avaient revêtu de longues jupes protégées par des tabliers blancs et s'étaient coiffées de fichus, comme elles en portaient dans leur pays d'origine. L'atmosphère était des plus morbides, remplie de toussotements, de pleurs et de réprimandes. L'endroit, très mal chauffé, était particulièrement froid et humide et plusieurs gamins, pâles et aux yeux cernés, avaient l'air mal en point. Je constatai avec déception l'absence d'Iwan parmi les mangeurs, qui s'étaient encore rembrunis à notre vue.

Mon responsable de baraque m'adressa un clin d'œil entendu. De connivence, lui et moi engouffrâmes notre second petit déjeuner, constitué cette fois de bouillie d'avoine arrosée d'un thé aussi insipide que de la pisse d'âne. Pour le peuple slave, le thé constitue un aliment capital. Nous le bûmes comme le voulait la tradition dans des verres sans pied, alors que les femmes, elles, le prenaient dans des tasses.

– Je veux pas ça! Je veux de la kacha avec un blini! pleurnichait un gamin devant son bol de bouillie d'avoine aussi pâteuse que de la glu.

Il semblait bien que les familles eussent préféré les traditionnels gruau de sarrasin et crêpes à la crème, typiques de Russie, à cette colle de grumeaux canadiens. Du sarrasin que l'armée pour je ne sais quelle raison semblait leur refuser.

Sur un signe de mon garde-chiourme, des femmes déposèrent devant moi un couteau éplucheur ainsi qu'une grosse poche remplie de tubercules. Je débutai aussitôt ma corvée et Rychle la contemplation de son journal. De toute évidence, sous couvert de sur-

veiller la destination finale des épluchures, il attendait quelque chose ou quelqu'un. Mais qui ? Quoi ?
J'aurais bien aimé mettre la main sur le pneumatique que Wotton lui avait envoyé, moi.

L'œil alerte mais les doigts souffreteux, je restais à
l'affût. Les épouses des détenus traînaient aux
longues tables, silencieuses et méfiantes, isolées
dans leur coin selon la langue qu'elles y parlaient. Et
pas question ici de converser avec les étrangères,
même si on l'était soi-même ! Les tables alignées ressemblaient à des mappemondes autour desquelles
on se faisait des guerres froides. À un bout, on parlait
le petit russe ; à l'autre, le grand ; plus loin le tchèque
et plus loin encore, le hongrois et l'allemand.

Vers neuf heures, les occupantes finirent par s'at-
taquer aux énormes piles de vaisselle qui encom-
braient leur coin de continent. Vu le nombre élevé
de combattantes, la tâche s'accomplit rondement.
Mon chef de baraque surveillait le mouvement des
troupes sans le laisser paraître, camouflé derrière son
journal. Une fois leurs plats récurés et rangés, les
femmes se rassirent avec leurs bambins dans leurs
jupes. Je ne pouvais croire que cet interminable
intermède, teinté de soupirs, de chuchotements et
de plaintes, durerait jusqu'au retour des hommes en
fin d'après-midi ! Et tout cela sans qu'elles n'aient
songé une minute à amuser leurs rejetons !

Soudain, la porte s'ouvrit avec fracas en même temps qu'un vent glacial s'engouffrait dans la pièce. Le soldat chargé de notre escorte entra en titubant pour faire signe à Rychle de le suivre dehors. L'autre obéit en se frottant les mains. J'aurais bien aimé connaître à quelle sauce ces deux-là cuisinaient leur alcool clandestin.

Et de quatorze. Ma pelure retomba en un seul morceau sur la table, où elle s'entortilla dans ses pousses de germes. Je larguai la pomme de terre au tiers amputée dans le sac déposé près de mon pied valide et frictionnai mes doigts endoloris. Ici, les légumes frais étaient aussi rares que des crottes d'hippopotame.

Pas un seul occupant de Lillienville ne m'approchait, mais tous gardaient les pupilles vissées sur moi. Parmi mon public, j'avais remarqué la présence de trois garçons de mon âge, d'origine russe, dont j'aurais pu me faire des copains. Malheureusement, ceux-ci me snobaient, pis, me méprisaient. De temps à autre, l'un d'eux se penchait aux oreilles de ses comparses pour leur chuchoter des ignominies sur mon compte, avant d'éclater d'un petit rire dédaigneux qui m'atteignait en pleine poitrine. Les mots « sale traître à la patrie » parvenaient trop bien à mes trompes d'Eustache pour que je puisse les ignorer. Cœur serré, je compris qu'ils me rejetaient et me confinaient en quarantaine à cause de ce job d'inter-prète que j'avais accepté du gouvernement cana-dien.

Une petite voix se mit alors à discourir à tue-tête dans ma cervelle :

« Tu dois être comme les autres, renâclait-elle. Tu dois t'intégrer à tout prix, tu m'entends ? »

Un jour, il y avait eu l'enfer de ma première école, puis celui de Kolkhoz. À présent, il y avait les flammes de Lillienville. « Un être sans mémoire est un être sans avenir », disait grand-mère. Je me sou-venais pourtant comment, à Kolkhoz, elle avait réussi à transformer mon enfer en paradis. Mais je ne pouvais me résoudre à refaire le clown devant tout Lillienville. Je me sentis soudain terriblement seul. Mamie me manquait et cette absence causait dans mon larynx une douleur physique bien réelle. Cet éloignement m'apportait également d'étranges rêves, comme celui de la nuit précédente où mon aïeule m'était apparue pour me rabrouer d'un ton mi-figue mi-raisin :

– Cette belle vie qui s'offre à toi ne durera qu'un temps, Peter. N'es-tu pas nourri, logé et vêtu ? Pro-fites-en bien, mon chéri et oublie ces stupides fils barbelés. Ils ne sont là que pour te protéger des loups. Et cesse de te tracasser pour moi ! Je suis moi aussi dans mon paradis givré.

140

Son paradis givré? Bon sang, mais où cela pouvait-il bien être? Une vague d'angoisse me submergea. Grand-mère avait-elle reçu les lettres qu'Iwan et moi lui avions fait parvenir à Québec « aux bons soins du général Wotton »? Je ne pouvais supporter l'idée qu'il lui soit arrivé malheur ou que sa mémoire ait à nouveau flanché. Comme la vieille femme devait avoir peur, toute seule, perdue aux confins de cet immense pays! Submergé par le chagrin, j'abandonnai mes pommes de terre pour me diriger vers les latrines, où je pourrais, sans témoins, pleurer à mon aise. « Tu pleurniches encore, bébé? se serait moqué Iwan. Quel grand sensible tu fais! »

Le matin était glacial. Dehors, il n'y avait pas âme qui vive. Des exclamations attirèrent subitement mon attention, qui montaient d'une isba réservée aux couples sans enfants. Je m'en approchai en catimini pour reconnaître, étonné, la voix aiguë et outrée d'Anna.

– Nous avons des privilèges gênants, se plaignait-elle. Acceptez donc de soigner les dents des détenus comme le capitaine Wotton vous l'a demandé, père! Les malheureux n'ont pas d'argent pour se faire traiter et ils souffrent.

– Pas question *dé* travailler pour le *goufernement* canadien, surtout à ce salaire! avait rugi son père. Que croyez-*fous* qu'il arrivera si le Canada perd la guerre? On nous accusera d'*afoir* comploté *afec* l'ennemi! *Che* ne suis pas un traître à ma patrie comme ce garçon ukrainien à qui vous *vaites* les yeux doux!

– Mais je ne fais les yeux doux à personne! avait-elle vivement objecté.

– *Mendeuse*!

J'entendis le sifflet d'une gifle. Puis les pleurs de la jeune femme.

– Et si *che* reprends cet idiot à *fous* regarder, *che* le tue! gronda encore Zeller.

J'aurais dû avertir Iwan de faire davantage attention à ce type. Mais plutôt que de lui donner la trouille, mon conseil l'aurait fait rigoler.

– Sale traître! rugit soudain une autre voix dans mon dos.

J'eus tout juste le temps de voir mes trois détracteurs russes de tout à l'heure fondre sur moi. « Une meute de hyènes », pensai-je en me protégeant le visage avec l'avant-bras. Ils me jetèrent par terre et me clouèrent au sol. Le plus costaud me braqua son poing à trois centimètres du nez.

– Ouvre grand tes grandes oreilles, demi-portion. Tu vas t'arranger pour nous approvisionner en sarrasin.

Une autre image me creva aussitôt la mémoire: « Tuons-le », avait dit le garçon de mon premier jour de classe.

– La cantine du camp ne vend pas de sarrasin, opposai-je.

– Tu te débrouilleras. Je veux des crêpes de sarrasin dans deux jours.

Comme il approchait encore son poing, ma petite voix intérieure se mit à hurler : « T'es qu'une mauviette, Peter Zabalète, une mauviette ! » Ce cri rallia spontanément toutes mes forces. La rage gonfla mes muscles et je me jetai sur le garçon pour lui flanquer la raclée qu'il méritait. La violence m'ayant toujours répugné, j'en fus le premier surpris. Mon matamore se frottait la joue, stupéfait, tandis que ses copains me regardaient rouler les poings sans oser intervenir. La voix de Rychle s'éleva subitement derrière nous.

– Dis donc, Gaganovitch ! Est-ce que ces trois-là te cherchent des ennuis ?

Je me souviendrai toute ma vie de la mine décomposée de mes agresseurs. Ils ressemblaient à une salade décomposée d'abrutis !

– Nous nous amusons, m'sieur Yvanovitch, se défendirent-il.

Yvanovitch ! Je venais enfin d'apprendre le nom de mon responsable de baraque. Mes trois énergumènes m'aidèrent à me relever, époussetant même la neige qui maculait mon manteau. Ça y était, ils me respectaient !

– Ils me taquinent, confirmai-je avec un petit sourire.

– Ah oui... ? fit mon sauveteur en nous lançant un œil des plus suspicieux. Eh bien tant mieux, parce que Gaganovitch, c'est mon copain. Et quand on fait du mal à mes copains, je deviens très méchant, sacrebleu !

Pendant que je dévisageais stupidement Rychle, les garçons tournèrent les talons sans demander leur reste. Le cartographe me tendit mes cannes.

– Tu les avais oubliées sous la table, dit-il avec une lueur malicieuse dans les yeux. Faut encore faire semblant, gamin, sinon Wotton te fera des ennuis.

Je m'empourprai. Persuadé qu'il avait deviné l'état de ma jambe et la disparition de mon plâtre dès le premier matin, je ne compris rien à son silence complaisant, jusqu'au moment où il laissa tomber cette bribe :

– Cesse de me dévisager comme ça ! rouspéta-t-il. Je n'allais tout de même pas raconter comment tu as perdu ce plâtre, ni ébruiter ce que nous avons vu dans le ciel pendant la nuit d'avant-hier ! Le major Williams nous ferait enfermer à l'asile de Saint-Jean-de-Dieu avec tous les détenus qui sont devenus fous ici ! Les chocs électriques et les camisoles de force, très peu pour moi...

– Co... comment ? bégayai-je. Ce... ce n'était donc pas un rêve ?

– Rêve ou pas, toi et moi étions là quand des habitants de la lune ont survolé le lac avec leur engin interplanétaire.

– Ce sont donc eux qui m'ont enlevé mon plâtre? demandai-je, incrédule.

Il me considéra en silence pendant de longues secondes, avant de hocher la tête d'un air découragé.

– Est-ce que j'ai la tronche d'un extraterrestre, moi? fulmina-t-il.

Je compris alors que c'était Yvanovitch lui-même qui m'avait délivré de ce plâtre.

– Tu tiendras ta langue, hein? Je veux pas avoir d'ennuis, fit-il.

– Bien sûr, puisque « un petit mot peut briser les os », répondis-je avec un sourire.

– Et que « bon silence vaut mieux que mauvaise dispute », renchérit-il d'un air satisfait. T'es mon portrait tout craché, Gaganovitch. Ça explique pourquoi nous avons tant de difficultés à nous supporter.

Me tournant le dos, Yvanovitch se dirigea en droite ligne vers le logement des Zeller, frappa, puis ouvrit la porte sans attendre.

– Mademoiselle Zeller, vous devez m'accompagner à Spirit Lake. Le capitaine Wotton veut vous rencontrer. Je vous donne quelques minutes pour vous préparer.

Par l'entrebâillement, je vis le dentiste pâlir de rage.

« Ça y est, la demande d'emploi d'Anna a été

acceptée. C'était ça, le message pneumatique : Wotton va lui offrir du travail. Je me demande bien lequel », supputai-je.

– Toi, Gaganovitch, à tes patates ! J'ai encore à parler avec la sentinelle, me lança mon responsable.

Et il me poussa sans ménagement jusqu'à la salle commune.

Spirit Lake, nuit du 13 mai 1915.

J'ouvre à nouveau les yeux. Je suis seul, plongé dans la pénombre. Le prêtre ukrainien a disparu, grand-mère a disparu et le vent souffle avec violence contre les carreaux de l'infirmerie. Le ciel s'est couvert. Je ne vois plus ni les étoiles ni les aurores boréales. À l'instant où la peur va m'engloutir comme un raz-de-marée, quelqu'un m'empoigne férocement la main.

– Je suis là, ti-gars. C'est moi, Blondin. Je ne te laisserai pas crever tout seul comme un *codinde*.

L'émotion fait trembler sa voix. Je ne saurai jamais ce qu'est un *codinde* canadien et je m'en balance. Je tourne la tête vers le militaire à l'uniforme froissé, agrippe ses gros doigts aussi rêches que du papier de verre. Entre ses dents, le bout de sa cigarette s'est

147

éteint, mais je la vois se découper dans la pénombre. Blondin se racle la gorge.

– Le vicaire Ménard est en route, le major vient de lui téléphoner, chuchote-t-il. Si tu as quelque chose à demander, vas-y. Je sais que tu peux parler quand le docteur n'est pas là.

Je bouge les lèvres sans succès. J'ignorais qu'il fallait déployer autant d'efforts pour marmonner une seule petite syllabe. Il se penche, saisit mon visage à deux mains, appuie doucement son front contre le mien.

– Si je tenais le nom du fumier qui t'a poussé en bas de cette butte. Vas-y, dis-le-moi, Peter. C'est Nordman, hein, c'est ça ? À moins que ce soit Wotton ?

Je puise tout ce qui me reste d'énergie pour formuler sans trop de mots un dernier vœu pour la nuit. Je parviens enfin à émettre un minuscule, un ridicule filet de voix.

– Remettez mon cahier à Betsie. Elle saura…

– Betsie ? répète Blondin. Mais Betsie qui, ti-gars ?

– Amos… Betsie.

– Et il est où, ce cahier ?

Je ferme les yeux, la main posée sur l'oreiller. Un rien m'épuise.

Lillienville, le 20 février 1915.

Je poursuivais ma corvée de légumes sous l'œil

inquisiteur de mon public. Yvanovitch s'était à peine esquivé avec la sentinelle lorsque des enfants se mirent à m'encercler. Une fillette de cinq ou six ans se saisit d'une épluchure pour la balancer de haut en bas à la façon d'un Yo-Yo.

– T'as épluché ta patate en une seule pelure ! siffla-t-elle en ukrainien, entre deux affreux toussotements. Dis, tu veux bien me faire essayer aussi ?

Je laissai échapper un gloussement soulagé : quelqu'un dans cette bicoque osait enfin m'adresser la parole ! La glace qui recouvrait Lillienville venait de se rompre. Assise au bout d'une table, un bébé malade dans les bras, la mère de la fillette intervint. C'était une femme maigre, aux yeux cernés et rougis.

– Tu es trop jeune pour t'amuser avec un couteau, Carolk, dit-elle doucement, un sanglot dans la voix.

Ces gamins oisifs, privés de jouets depuis leur arrivée à Spirit Lake, me semblaient pitoyables, à moi qui n'en avais jamais manqué ! Des jeux créés avec des riens, des bouts de laine, des capsules de bouteilles et des idées plein la cervelle. En outre, pour empirer les choses, aucun de ces marmots ne semblait avoir obtenu la permission de se mêler aux autres.

« Ce qu'ils font pitié, ces pauvres gens ! Égaie-les donc un peu avec le numéro que tu faisais à Kolkhoz ! » me harcelait ma petite voix intérieure.

« Un triple saut périlleux, avec ça ? répliquait aussitôt une seconde voix plus bourrue. Pas question de t'exhiber, t'es pas une bête de cirque ! »

— Ta maman a raison, Carolk, ce couteau est trop dangereux, admis-je. Mais je peux te sculpter un bonhomme dans une patate, si tu veux.

Elle battit des mains et je m'exécutai, non sans avoir jeté un coup d'œil oblique en direction de la porte, par laquelle mon garde-chiourme ne tarderait pas à rentrer. Ma petite cour se referma lentement sur moi. Je façonnai un minuscule personnage dans un légume, mais je n'avais guère de talent pour la sculpture, comme ils purent tous le constater.

— C'est Yvanovitch Narychkine qui va sévir s'il te voit amuser nos petits au lieu de faire ton boulot, me lança au bout d'un moment la mère de Carolk. Ce rabat-joie va aller tout raconter au capitaine Wotton et tu en prendras pour ton rhume !

Celles qui comprenaient le petit russe opinèrent en lançant des regards furtifs vers la porte. La femme se leva puis, ayant déposé son bébé endormi dans un coin, se saisit d'un couteau et se mit à éplucher mes pommes de terre. Les autres épouses l'imitèrent.

Cette compassion aussi soudaine que spontanée me fit céder. De sculpteur, je devins pantomime. Parodiant un soldat au pas d'exercice qui s'accroche les pieds dans un tapis, je culbutai puis, après deux ou trois pirouettes rocambolesques, m'étalai par terre de tout mon long, ce qui provoqua l'hilarité générale. Je me saisis l'instant d'après de légumes bien ronds pour me transformer en un pitoyable jongleur, les tubercules me retombant une à une sur le pied. Aïe! Sous les yeux émerveillés de mon public, le jongleur se métamorphosa finalement en un saltimbanque imbattable. Un tour n'attendait pas l'autre, et j'en exécutai cinq ou six d'affilée.

Kolkhoz m'avait bien rodé. Je me souvenais de tout ce que la troupe du *Loubok* (« ours », en russe) m'avait appris. Quelle chance que mamie, où qu'elle travaille, se soit toujours liée d'amitié avec les artistes qu'elle côtoyait! Les joyeux bateleurs nous avaient initiés, Iwan et moi, aux contes populaires, à la danse, à la *charmanka**, à la guitare *bandura* et à l'accordéon. Ils mimaient les fables d'Ivan Krylov – soit l'exact pendant russe de Jean de La Fontaine – ou encore récitaient l'épopée des Cosaques dont ils portaient les longues moustaches pendantes. Plus important encore, ces troubadours aux costumes bariolés m'avaient fait découvrir un talent que j'ignorais posséder.

– L'ours voulait imiter le paysan, me conta l'un des clowns de la troupe. Mais l'animal échouait lamentablement, car il n'avait ni patience ni savoir. Mais toi, Peter, tu as un don.

---

* Orgue de Barbarie.

Tout en jonglant devant le Tout-Lillienville, j'entamai des chansons rigolotes, russes, ukrainiennes, françaises, peu importe, je mélangeais tout. Je m'égosillais et la salle croulait sous les rires. On m'applaudit, on m'embrassa. Je n'étais plus la vieille chaussette de ce matin. Comme à Kolkhoz, l'enfer de Lillienville s'était avéré, en fait, n'être que la chaudière à charbon d'un petit paradis.

Au fond de la pièce, maintenant bien remplie – car on affluait de tout le village pour me voir –, j'aperçus soudain Yvanovitch en compagnie de la sentinelle. Il me fixait, sourcils froncés. Je le rejoignis, un peu embarrassé.

– Tu ne fais plus ta corvée de gâte-sauce ? me demanda-t-il, son pied battant le sol de mécontentement.

– Non, je suis monté en grade, rétorquai-je. D'éplucheur, je suis devenu amuseur public, puis prestidigitateur. La preuve, c'est que mes légumes se pèlent maintenant à la vitesse de l'éclair !

Il lorgna sur la table le tas de légumes que les épouses avaient épluchés. Sa narine frémit sous l'effort qu'il fit pour ne pas s'esclaffer. Avec un ricanement étouffé, il se saisit de sa montre de gousset et, cherchant son sifflet qu'il ne trouva pas, tapa des mains pour imposer le silence.

– Vite, les p'tites mères, décréta-t-il. Je vous laisse un

quart d'heure pour finir votre épluchage! C'est que je dois ramener Peter Gaganovitch à Spirit Lake avant le dîner, moi! Après, les loups se mettent à hurler et ça me donne froid dans le dos. Notre ami reviendra demain si vous êtes bien sages! Sacrebleu, où l'ai-je donc mis, ce sifflet?

On s'exclama. Mon trio russe m'asséna de grandes tapes amicales sur l'épaule.

– Tu vas nous montrer comment jongler, dis Peter?

Je surpris le regard plein de fierté qu'Yvanovitch posait sur moi. J'aurais juré que le cartographe sentait l'alcool. Je dirais même plus: l'alcool frelaté aux épluchures de patate. Comme je l'avais deviné, son rendez-vous avec la sentinelle n'avait été qu'une savante dégustation.

De retour à notre baraque, Yvanovitch et moi passâmes l'après-midi à jouer aux cartes et à boire du thé. Peu avant quatre heures, une lointaine musique s'éleva soudain dans tout le camp de Spirit Lake. J'ouvris la porte pour mieux écouter.

– Ça vient du mess des officiers, dit Yvanovitch avec étonnement. Je ne savais pas que les militaires possédaient un gramophone.

– Ce n'est pas un gramophone, c'est Tatjina qui joue du piano pour son nouveau travail, répondis-je.

J'avais en effet reconnu avec stupéfaction l'hymne patriotique des paysans révolutionnaires ukrainiens de Lviv. Spontanément, je me mis à chanter, laissant les mots remonter à la surface de ma mémoire et éclater en petites bulles jusque dans ma gorge.

Pour mon peuple bien-aimé
La victoire va sonner
Amour et Justice, semez!
Abattez et fauchez!
Paysans d'la liberté...

Le piano se tut et moi aussi. Mon garde-chiourme me fixait, bouleversé.

– Tu as la voix de mon fils, hoqueta-t-il en essuyant ses yeux avec un pan de manche. De mon fils, abattu par les soldats avec ma femme et ma fille.

Et il pleura à chaudes larmes, le visage enfoui dans ses mains.

Spirit Lake, nuit du 13 mai 1915.

Je voudrais qu'Anna vienne me visiter, nous pourrions nous dire adieu. On m'a dit qu'elle guettait le retour d'Iwan, assise à la fenêtre à regarder le temps oxyder les rails, une main posée sur son ventre. La musique ne fait plus vibrer ses doigts depuis le départ de mon frère. La jeune femme n'est devenue qu'attente.

Je ne l'ai pas revue depuis cette tragique cérémonie qui s'est déroulée dans la masure, à l'orée même de Lillienville, une masure qui servait à leurs rendez-vous secrets. C'était dix jours avant mon accident. Iwan et Anna se cramponnaient l'un à l'autre comme à des bouées de sauvetage, plus du regard encore que des mains. On aurait dit qu'ils se noyaient. Ambroziy Redkevych officiait le mariage en accéléré tandis que je servais de témoin. Mais je n'écoutais pas. La

155

crainte qu'Anna et Iwan soient découverts me rendait fébrile et anxieux. « Tu as peur d'avoir peur », se moquait Iwan. Peut-être bien, mais cette fois-ci, mes craintes s'avérèrent justifiées.

Au moment où, enfin, mon frère allait prononcer le fameux et rituel « oui, je le veux » à la suite d'Anna, Emmet Zeller avait surgi dans la cabane, un revolver braqué sur lui.

Cette arme, c'était le pistolet prétendument factice qu'il s'était sculpté dans du bois de tremble. Et le barillet, je le reconnus tout de suite : c'était le sifflet qu'Yvanovitch avait égaré.

– Continuez la cérémonie, avait ordonné Iwan au prêtre, qui obéit.

– Voulez-vous, Iwan Nikolaiczuk, chérir Tatjina Zeller ici présente jusqu'à votre mort ? reprit l'autre d'une voix blanche.

– Si la cérémonie se poursuit, je tue Nikolaiczuk, menaça le dentiste, l'arme pointée sur la nuque d'Iwan.

– Dieu décidera, dit mon frère. Oui, je le veux !

– Non ! hurla Anna.

Zeller appuya sur la gâchette. Il y eut un déclic. Je me bouchai les yeux et une explosion fulgurante retentit, suivie d'un hurlement atroce. Une odeur de chair grillée emplit la masure. La main du dentiste venait d'être déchiquetée par l'explosion de l'arme.

– J'aurai ta peau, Iwan Nikolaiczuk. Je te tuerai !
criait Zeller, fou de rage.

Comme tant d'autres, Yvanovitch était accouru au
bruit de la déflagration.

– Quel gaspillage ! Un si bon sifflet ! avait-il mau-
gréé.

C'est étrange de penser qu'Iwan deviendra père.
Et moi, par la même occasion, l'oncle Peter d'un tout
petit bout de chou.

Anna ne viendra pas, pour la simple et bonne raison que c'est la nuit et que la nuit, elle dort. Je ne la
reverrai plus. Dans quelques heures, quand se poin-
tera demain, il sera déjà trop tard.

Spirit Lake, 15 avril 1915.

Plusieurs semaines avaient passé depuis mon premier spectacle à Lillienville. Telle l'humeur de notre
chef de baraquement, le climat du lac de l'Esprit
s'était sensiblement adouci. Nous étions cependant
loin du paradis auquel Iwan, à notre arrivée, avait
tenté de me faire croire.

Mon frère s'efforçait de me persuader que l'un et
l'autre, Yvanovitch comme la température, n'étaient
que les conséquences de ma pensée qui se fortifiait.
Selon lui, c'était ma façon de penser qui les dirigeait
– la température, le cartographe et bien d'autres
choses encore – et qui fabriquait tout ce qui m'arri-

vait, d'où le fameux adage de Descartes : « Je pense donc je suis. »

– Tout ce que je vois ne serait qu'une pure création que je m'invente ? répliquais-je avec scepticisme. Elle est stupide, ta théorie ! Tu ne serais toi-même qu'un mirage !

Aujourd'hui, de toute évidence, dix jours après son mariage raté, Iwan ne croyait plus lui-même à ce concept qui, moi, en revanche, m'avait lentement séduit. Mon frère s'était laissé couler dans une mare de mélancolie. Je tentais donc de le remonter à la surface de ses sables mouvants.

– Te voilà qui broies du noir, le tançai-je. Pourtant, les oiseaux chantent…

– Et ils nous bombardent de fientes, ouais ! T'es un veinard, Peter. Yvanovitch te protège et t'invente des manquements aux règlements auprès du capitaine pour faire prolonger ta corvée de patates et t'épargner le chantier. Tandis que moi…

Il m'ébouriffait la tignasse avec un soupir. Mon frère s'efforçait de sourire, mais les commissures de ses lèvres retombaient. On l'avait séparé d'Anna. On lui avait interdit l'accès de Lillienville, la jeune femme s'étant vu priver de l'accès et du piano de Spirit Lake.

Certains racontaient qu'il existait une sorte de pacte entre Emmet Zeller et le capitaine Wotton, pacte aux termes duquel, en échange de certains renseignements transmis par le dentiste, l'officier aurait attesté la nullité du mariage d'Anna à cause de l'irrégularité du témoin. Plus décidé que jamais à s'évader, Iwan voulait éviter à sa femme une nouvelle prison – soit un mariage malheureux – après sa remise en liberté. Car Zeller ne faiblissait pas : qu'elle le veuille ou non, guerre ou pas, sa fille Tatjina épouserait son cousin canadien après la naissance et l'abandon de son enfant.

Cependant, si le lac de l'Esprit n'était pas un paradis, il n'était pas non plus l'enfer de Dante. Il n'était ni léché par des flammes effroyables ni hanté par des diablotins cornus. Il était plutôt chauffé à la moderne par une chaudière maléfique qui distillait dans notre existence un tas d'embêtements quotidiens. Ainsi, l'eau du broc gelait alors que j'aurais voulu me brosser les dents. Le lard était rance et avarié dans mon assiette au petit déjeuner et j'étais affamé. Il n'y avait plus le moindre morceau de papier journal dans les latrines. La neige s'était infiltrée et avait fondu dans mes bottines, mais il ne me restait plus une seule paire de chaussettes sèches. Moi, j'aurais voulu relever des défis héroïques. Si j'avais eu à choisir mon enfer, j'aurais préféré les grandes flammes aux petits poêles modernes, cela m'aurait conféré une certaine gloriole. Mais je vivotais dans la banalité passive des détenus qui baissaient les bras en attente de l'armistice, à la façon du major Williams.

Ici, chacun tuait le temps comme il le pouvait, avec peu de choses et beaucoup de riens. Certains détenus peignaient de mémoire des paysages de leurs pays natals, d'autres s'évertuaient à faire entrer de minuscules voiliers dans des ampoules électriques grillées, ou encore à tricoter des foulards avec lesquels on aurait pu se pendre deux fois. Pour sa part, Iwan grattait les cordes d'une vieille guitare que lui avait dénichée le soldat Blondin. Nos soirées s'écoulaient à chanter sur la musique nostalgique qu'il y faisait naître. Les détenus de la baraque s'agglutinaient autour de lui, mêlant leurs voix graves pour former une chorale qui aurait fait l'envie de n'importe quel chef d'orchestre. Plus que tout autre, le *Chant de la liberté* mouillait les cils des hommes.

Assis à une table, armé d'une règle et de crayons, Yvanovitch toussait, penché sur de vieilles cartes géographiques de la région, qu'il avait obtenues je ne sais trop comment. Il avait relié par une ligne droite un cimetière indien, le milieu du lac, la chapelle d'Amos et une courbe de la voie ferrée.

– C'est le chemin des esprits, disait-il à qui voulait l'entendre. On pourrait s'évader en passant par là.

– Tu fumes trop, Rychle! Ça te fait tousser et ça te détraque le cerveau! l'agaçaient les hommes.

– Je n'ai jamais fumé de ma vie, sacrebleu! grognassait-il en s'étouffant davantage. J'étais sur le Transsibérien dans la Toungouska, moi, le 30 juin 1908, et j'ai tout vu*! Les corps célestes existent, la *Pravda* et le gouvernement russe l'affirment depuis ce jour-là.

– Tu l'as raconté mille fois, ton histoire, Rychle! le rabroua un détenu.

– Laissez-le parler, intervint le vétérinaire. Je serais curieux de savoir ce que notre camarade Narychkine a vu sur le train de Sibérie.

Un silence respectueux envahit la pièce.

– Oui, j'étais sur le Transsibérien ce jour-là, réaffirma catégoriquement le géographe. Il était sept heures un quart du matin. Une boule de feu a traversé le ciel du sud au nord, tous les voyageurs de mon compartiment l'ont vue. Puis, il y a eu un coup de tonnerre, suivi d'une série d'explosions, qui ont été perçues jusqu'à mille kilomètres à la ronde. La secousse a été enregistrée par les sismographes du monde entier!

– J'ai lu dans les journaux de l'époque que des troupeaux entiers de rennes avaient été tués et des

* Le 30 juin 1908, une énorme explosion détruisant une forêt entière a retenti en Russie, dans la région de Tugunska, en Sibérie, dont les origines restent encore mystérieuses.

nomades balayés avec leurs tentes, se rappela Kapp. Ne s'agissait-il pas de la chute d'une météorite?

Rychle secoua la tête.

– Non, pas une météorite, puisque aucun cratère n'a été retrouvé. En revanche, les arbres ont été décapités et rasés jusqu'à soixante kilomètres du point d'impact. C'est là que mes collègues ont découvert les traces d'un incendie colossal. Le désastre a été causé par une explosion d'une puissance inouïe: la désintégration d'un engin volant extraterrestre, sacrebleu! Ah, librement penser et librement répondre...

– Galilée vous prendrait sous son aile, monsieur Narychkine, lança Kapp. L'ouverture d'esprit, c'est le propre de tous les grands cerveaux!

Et, parce qu'il était sincère, son compliment fit rougir notre cartographe jusqu'aux oreilles.

Après une légère accalmie, la température ainsi que nos conditions de captivité se détériorèrent dramatiquement. Il neigea et il plut par alternance. Mon défenseur, le colonel Rodden, se vit subitement transféré à Québec, où le général Wotton l'accusait formellement d'être la tête dirigeante d'un trafic illégal de bois de chauffage. Une lettre de dénonciation – anonyme disait-on, et en provenance de Spirit Lake – lui servait de pièce à conviction. Des sanctions et des châtiments de toutes sortes se mirent à déferler sur les détenus dès l'instant où le vieil officier quitta le camp. Notre bois de chauffage fut rationné, les coups de baïonnette et les châtiments redoublèrent. Nos rations de nourriture furent encore diminuées. La nuit, je rêvais d'aubergines farcies, de poisson fumé et de petits oignons, servis sur de grandes nappes brodées.

Iwan et moi élaborions un plan d'évasion. Nous tenterions une fugue à partir de Lillienville dès que la quantité de vivres amassés serait suffisante pour nous nourrir une semaine entière avec Anna. Nous suivrions le chemin de fer pour retourner vers Québec par le chemin des esprits d'Yvanovitch, en effaçant au fur et à mesure nos traces dans la neige pour semer soldats et chiens. Mais les croûtes et le pain rassis s'entassaient encore trop lentement sous ma pile de couvertures. J'avais bien tenté de voler des pommes de terre, mais celles-ci étaient comptabilisées. L'argent de poche que nous gagnions comme interprètes se dépensait invariablement en tablettes de chocolat pour Anna et pour les gamins de Lillienville.

Le lundi qui suivit apporta enfin un redoux. Le soleil d'avril tapait si fort que la meringue croûtée de Spirit Lake fondait à vue d'œil, happée et bue à grandes lampées par la terre d'argile. Un vent d'est nous apportait de capiteux parfums d'humus et d'excréments, annonciateurs du printemps. Des oiseaux querelleurs tourbillonnaient au-dessus de l'enceinte, à l'affût de la moindre brindille. Inondé par l'eau vaseuse de la fonte, l'intérieur des barbelés avait tout d'une zone dévastée. Un certain nombre de prisonniers furent assignés en renfort à la construction d'une digue, dont notre joyeux et fidèle partenaire de cartes, Jozef Heilik.

Tout en rangeant le bois de chauffage devant la baraque, Yvanovitch, Iwan et moi assistions distraitement au déroulement des travaux d'assèchement quand éclata une dispute. Nous nous étirâmes le cou. Jozef Heilik grommelait, dans un face-à-face qui l'opposait à un soldat belliqueux.

– Je ne peux plus travailler! se plaignait-il. J'ai les pieds trempés, mes bottes sont percées et remplies d'eau glacée!

– Je vais te les vider, moi, les bottes, espèce de faux fuyard! répliqua l'autre.

Le militaire lui perça aussitôt la botte avec la pointe de la baïonnette fixée à l'extrémité de son fusil, la lui enfonçant de tout son poids et de part en part à travers le pied. Le hurlement de douleur de notre camarade résonna dans tout le camp. Les prisonniers s'attroupèrent autour de lui. Le capitaine Wotton survint à ce moment, accompagné de dix hommes armés.

– Je te prédis que ce sans-grade ne se récoltera pas l'ombre d'une réprimande, me chuchota Iwan en s'écartant.

– Que faites-vous là, soldat ? hurla le capitaine furibond.

Les détenus n'en croyaient pas leurs oreilles. Se pouvait-il que cette brute irascible se décide enfin à prendre la défense d'un détenu ? Depuis la permutation et le départ du colonel Rodden – départ que plusieurs prétendaient lié à la plainte déposée à Québec auprès du général Wotton par le frangin de celui-ci – le nouveau mot d'ordre qui venait des hauts gradés de Spirit Lake était le suivant : pas de quartier. L'armée récompenserait à l'avenir l'intransigeance et la dureté témoignées envers les prisonniers. Et comme un général dirige un colonel, qui mène un capitaine, lequel mène lui-même lieutenants et soldats... les militaires les plus arrogants devinrent brutaux. Il n'était plus rare de voir l'un d'eux s'amuser à terroriser les détenus ou à lâcher leurs chiens déchaînés, d'une férocité de loups, sur nous.

– Ce prisonnier refuse de travailler, capitaine, répondit le pioupiou.

– Ne perdez pas votre temps avec ce fainéant, répliqua sèchement l'officier. Exécutez ordre !

– Oui, monsieur !

Deux secondes plus tard, Iwan était encerclé et capturé. Wotton approcha son visage du sien au point de le toucher.

– Je vous remercie pour cette lettre de dénonciation que vous m'avez fait parvenir, Iwan Nikolaiczuk, dit-il d'une voix forte, sûr d'être bien entendu par tous les détenus de la baraque qui comprenaient l'anglais. Le colonel Rodden se verra puni pour avoir orchestré un trafic illégal de bois de chauffage.

– Je n'ai jamais écrit de lettre de dénonciation! protesta Iwan avec indignation. Ce n'est pas moi!

Les détenus se mirent à murmurer. L'un d'eux cracha au visage de mon frère, mais fut aussitôt rabroué par ses camarades. De toute évidence, la plupart des prisonniers croyaient Iwan. Le capitaine esquissa un large sourire.

– Qui d'autre qu'Iwan Nikolaiczuk aurait pu écrire cette lettre, je vous le demande? dit-il en promenant ses yeux durs et amusés sur nous. Elle provient d'un prisonnier qui parle l'anglais et qui a signé avec les initiales *I* et *N*.

– C'est pas moi! glapit Iwan, avant de recevoir un coup de baïonnette dans le côté.

Je lançai un regard furtif vers le docteur Kapp, agenouillé près du pauvre Jozef, et qui se bornait à garder le silence. Je sortis alors courageusement des rangs.

166

– Je connais le coupable de la contrebande de bois ! assurai-je d'une voix forte. Ce n'est pas le colonel Rodden, mais vous, capitaine Wotton ! Vous avez trafiqué cette lettre !

L'officier tressaillit et pâlit d'un coup. Les murmures s'élevèrent autour de moi.

– Ce n'est pas Iwan qui a écrit cette lettre, c'est M. Kapp ! poursuivis-je, décidé.

Le capitaine Wotton me fixait, ses lèvres tremblotantes de rage. Puis, ce fut le coup fatal.

– Mais qu'est-ce que tu racontes, Peter ? me dit avec douceur le vétérinaire en s'avançant jusqu'à moi. Je n'ai jamais écrit de lettre de dénonciation…

La fureur m'envahit. Il n'allait pas se défiler comme le major, celui-là ? Qu'avaient-ils donc tous à être si lâches ?

– Je vous ai entendu discuter avec un détenu dans l'écurie ! répliquai-je, féroce. Vous parliez du capitaine. Vous disiez qu'il était prêt à faire n'importe quoi pour du foin et qu'il menait le trafic comme il l'entendait ! Je vous ai entendu dire que vous le dénonceriez !

Après quelques secondes d'incompréhension, son visage s'éclaira enfin.

– N'ai-je pas plutôt dit que je le livrerais ? répliqua-t-il avec un sourire timide. Le Capitaine, c'est l'un des cinq chevaux de parade du régiment, Peter. Cet étalon voudrait bien diriger à lui seul tout le peloton. Il me fallait lui soigner une dent et le livrer à l'état-major pour la parade du lendemain.

Le capitaine Wotton éclata d'un gros rire stupide et tonitruant. Ses soldats firent chorus, imités ensuite par tous les détenus. J'aurais voulu disparaître sous terre. Je rougis jusqu'à la racine des cheveux tandis que des larmes de honte me mouillaient les cils.

– Trêve de plaisanterie ! J'ai besoin de vous, mon cher Iwan, reprit Wotton, une main pesante posée sur l'épaule de mon frère. Il vous faudra répéter tout ce que vous savez de cette histoire de contrebande devant la cour martiale de Québec. Vous êtes mon principal témoin contre le colonel Rodden. Nous prendrons le train pour Québec dans cinq petites minutes. Ensuite, vous serez libre. Tout travail mérite une récompense. La vôtre sera votre liberté inconditionnelle.

– Mais je vous assure que je n'ai jamais écrit cette lettre ! hurlait mon frère, tandis que deux soldats le tiraient par les bras en direction de la gare.

Comme je me précipitais pour le défendre, un coup de revolver retentit, ce qui creusa un trou dans le sol à un centimètre seulement de mon pied gauche. Wotton souffla sur le bout de son revolver fumant.

– Vraiment, vous n'êtes qu'un clown, Gaganovitch ! Soyez heureux que je sois d'excellente humeur
aujourd'hui. En route, maintenant ! dit-il.

– Je retrouverai mamie à Québec et je reviendrai te
chercher avec Anna ! me lança Iwan en français en
s'éloignant. Dis-lui que je l'aime et que je m'occupe-
rai du bébé !

J'entamai à pleins poumons le *Chant de la liberté*
que les détenus reprirent derrière moi. Des larmes
inondaient mes joues. Mon frère se déroba à nos
regards derrière la baraque quatre et le silence tomba.
J'eus alors l'impression très nette que je le voyais
pour la dernière fois.

– Ce capitaine Wotton ne sait pas distinguer la
lettre *Y* de la lettre *I*, murmura près de moi Yvanovitch Narychkine. Tout comme il est incapable de
différencier un quatre d'un neuf. Il a fait intercepter
et a falsifié la lettre dans laquelle je dénonçais sa
propre contrebande. Mais tout compte fait, je préfère
que ce soit Iwan qui recouvre la liberté plutôt que
moi. Car ton copain trouvera le moyen de te sortir
d'ici avec Anna. « Ce que Dieu a mouillé, Il peut le
sécher. » Aie confiance, Gaganovitch.

Et d'une main, il me serra très fort contre lui.

Spirit Lake, nuit du 13 mai 1915.

Quelqu'un pleure dans la nuit. Je mets quelques secondes à comprendre que les gémissements proviennent non pas de ma propre gorge, mais du lit voisin. J'entends le soldat Blondin qui chuchote.

– Ça va aller, dit-il d'une voix consolante.

– Je veux pas qu'on me la coupe, je veux pas ! supplie le malade entre deux sanglots étouffés.

Je reconnais subitement la voix de Jozef Heilik. Sa jambe est gangrenée jusqu'à l'os, tous les détenus le savent. « Mort et destruction des tissus à la suite de l'arrêt de l'irrigation sanguine due à l'infection d'une blessure », expliquerait un dictionnaire médical. « Pourriture d'un pied due à la lâcheté du major Williams qui ne l'a pas soigné », conclut le mien. Tu croirais que je lui en veux, à ce toubib, et tu n'aurais pas tort. Si Iwan était là, il me rebattrait les oreilles, répétant que je n'ai pas le droit de le juger. Ma rancune est exagérée, sans doute, mais elle est proportionnelle à toute la confiance que j'avais mise en ce médecin.

Spirit Lake, le 19 avril 1915.

À peine le train avait-il emmené Iwan hors de l'enceinte du camp que le major se présentait inopinément à la baraque armé de sa trousse médicale. La bâtisse était presque déserte, les hommes vaquant à leurs besognes. Dans un coin, Yvanovitch préparait du thé bien fort pour me consoler. J'étais bouleversé.

Il y avait des semaines que je n'avais vu le médecin, mais la rancune que j'entretenais à son égard vivotait en dépit de tous les beaux discours d'Iwan. « Ne le juge pas, le docteur a voulu t'aider », m'avait-il encore cassé les oreilles la veille. Même mon responsable de baraque s'en était mêlé: « Ne crache pas dans l'eau du puits, il peut se faire que tu en boives. »

En réalité, je croyais le médecin coulé dans ce même moule inhumain qui avait formé les militaires de Spirit Lake. Exception faite du soldat Blondin et de son copain Ben, naturellement.

– Je viens enlever ton plâtre, m'annonça le major en tentant un sourire.

J'évitai de lui parler et même de le regarder, me contentant d'allonger ma jambe sur le banc. Il défit le bandage, et demeura quelque peu décontenancé devant l'absence de plâtre. Mon responsable de baraque tenta de me sortir du pétrin.

– Le plâtre était trop serré, doc. Je l'ai coupé avec des cisailles, argumenta-t-il. Je crois bien que c'était guéri.

– Je suis le premier à savoir que œ jambe n'était pas cassée, répondit l'autre d'un ton sec. Laissez-moi seul avec Peter, monsieur Yvanovitch.

Mon responsable renfonça son béret et quitta la baraque en claquant si fort la porte que la poignée en tomba. Le médecin soutint mon regard maussade. Le sien, d'une infinie tristesse, me transperça comme la pointe d'une épée.

– Je démissionne, *boy*. Je quitte Spirit Lake, annonça-t-il.

– Pff... éludai-je avec mépris. Un autre à quitter le bateau.

– Je ne peux plus rien pour vous tous. Le capitaine Wotton m'empêche systématiquement de faire mon boulot. J'ai voulu soigner le pied de Jozef Heilik mais le capitaine s'est opposé et m'a m'ordonné de lui prescrire quatorze jours de prison, au pain sec et à l'eau. Jozef souffre d'une façon abominable. *Poor man*. Le gangrène pourrit son pied et il faudra bientôt le lui couper. J'ai demandé *mon* mutation à Kapuskasing.

Je me levai d'un bond.

– Vous n'êtes qu'une limace! crachai-je avec dédain.

– Quoi?

– Une limace, un mollusque! Un trouillard sans colonne vertébrale!

Il me regardait fixement, les yeux aussi ronds que des billes.

– Tu penses vraiment ça de moi, Peter?

– Et je ne dis pas tout, je reste poli! hurlai-je.

D'un geste violent, je jetai par terre tout ce qui encombrait la table. Tasses, théière, journal, cartes à jouer, trousse médicale, tout. J'étais devenu si furieux que des larmes me brouillaient la vue. Le major Williams ne tenta pas un seul mouvement pour essayer de désamorcer ma fureur. Il demeurait au contraire immobile, voire impassible, les pupilles rivées sur moi. Je respirais par saccades, poings serrés, submergé par une colère et un chagrin que j'avais trop longtemps refrénés. Une colère contre le monde entier. Je pointai le major d'un index accusateur.

– Vous saviez qu'Iwan et moi étions trop jeunes pour être emprisonnés ici, mais vous n'avez rien fait! Pis, vous avez aidé ces officiers à nous exploiter! Vous ressemblez à mon grand-père, docteur, avec vos sales yeux tristes. Je vous faisais une confiance aveugle, mais je n'aurais pas dû. Je n'aurais jamais dû vous écouter, vous êtes comme tous les autres...

Je m'effondrai sur un banc, les épaules secouées par d'irréfrénables sanglots. Il s'approcha, posa une main sur mon épaule, mais je me dégageai aussitôt avec violence. Il récupéra sa sacoche de cuir que j'avais balancée par terre et quitta la baraque.

Un long moment passa. Mes larmes coulaient, intarissables. Finalement, j'entendis la porte grincer et quelqu'un s'approcher. Yvanovitch se laissa tomber à côté de moi sur le banc.

– T'occupe pas de ce troufignon qui te cause du chagrin. Je suis là, moi, et nous partageons un fabuleux secret, tenta-t-il maladroitement de me consoler.

Je relevai la tête et m'essuyai la joue avec une manche crasseuse, honteux d'être surpris à pleurer. Oui, un fabuleux secret. Si secret, en fait, que même dans ma tête, c'était presque le vide total. Le rêve s'était arrêté au moment où un engin se détachait de la gigantesque cité volante pour foncer sur moi. Le cartographe m'aurait dit n'importe quoi, j'étais à sa merci.

– Y a des coups durs dans la vie qui te bouffent tout cru si tu ne réagis pas. Le seul moyen de te défendre, c'est de t'accrocher aux miracles, soupira-t-il en me tendant son mouchoir.

– Que s'est-il vraiment passé cette nuit-là, monsieur Yvanovitch? dis-je en reniflant.

Il accrocha solidement son regard au mien.

– Cette nuit-là, j'étais comme d'habitude le seul à faire de l'insomnie dans cette maudite baraque. Quand t'as été somnambule, je n'ai pas hésité à te suivre, Gaganovitch. Tu marchais droit vers le mirador et le champ de parade. Tu es passé devant ce tas de soldats endormis. Un jeu d'enfant. Rien qu'à y penser, ça me donne des frissons dans le dos. Puis, tu t'es mis à escalader la clôture de barbelés sous les lumières du mirador. T'étais sous les feux de la rampe.

Mes yeux s'agrandirent d'horreur.

– J'ai grimpé en haut, moi?

– Tu étais aussi adroit qu'un singe, sacrebleu! J'étais terrorisé. J'ai tenté de te rejoindre pour t'empêcher. Ils auraient tiré sur toi, Gaganovitch, les soldats n'auraient pas hésité à vider leurs cartouchières s'ils t'avaient vu.

– Et ensuite?

– T'es resté bloqué dans les barbelés, à deux mètres de hauteur. Ton plâtre s'était coincé dans une tige de fer. Alors, j'ai pas hésité: je suis allé récupérer mes cisailles de poche, je suis monté et j'ai coupé ton bandage. Pendant que je coupais, une grande lumière s'est allumée dans le ciel, juste au-dessus de nos têtes.

– La ville volante? m'étranglai-je.

– Je te jure que ce truc volant était aussi réel que cette saloperie de camp dans lequel nous croupissons, Gaganovitch.

Je me mouchai dans le carré de coton. Il fouilla encore sa poche, à la recherche d'un feuillet qu'il déplia délicatement. C'était une carte, toute barbouillée d'indications et de formules mathématiques. Je reconnus le plan sur lequel il travaillait chaque soir. Yvanovitch désigna une ligne droite qui partait du milieu du lac et qui franchissait sans fléchir la courbe du chemin de fer.

– Les légendes indiennes disent vrai. Il existe bien un chemin des esprits aux abords du camp, expliqua-t-il. C'est en quelque sorte une piste d'atterrissage invisible suspendue entre le passé et le futur. L'engin que nous avons vu voyageait dans ce couloir à la vitesse de la lumière. Imagine-toi un tunnel où le temps serait aboli. Les scientifiques qui habitent la lune sont bien plus savants que ceux d'ici.

– Peut-être bien que vous êtes devenu fou ! répondis-je sans réfléchir.

Son visage s'assombrit.

– Tu ne me crois pas, hein ?

Je secouai la tête, navré. Il replia sa carte, la rangeant soigneusement au fond de sa poche. Plus jamais il n'allait aborder ce sujet avec moi.

– Alors, en route pour Lillienville ! bifurqua-t-il en

se saisissant de nos manteaux. Ne fais pas attendre les familles, Gaganovitch. Quand tu ne viens pas faire ton tour au moins deux fois la semaine, les villageois pleurnichent. Tu leur remontes le moral avec tes numéros de saltimbanque. Grâce à toi, toutes les familles s'amusent et se parlent, à présent.

Cette fois, mon garde-chiourme disait vrai. Mes pantomimes étaient devenues aussi populaires que celles du grand Charlie Chaplin d'Hollywood, dont j'avais vu le film, caché derrière une grosse poubelle. Les deux tiers d'un film, devrais-je dire, puisqu'on m'avait découvert et expulsé de la salle bondée de Lviv parce que je riais trop fort. J'aimais bien imiter Chaplin, c'était mon idole et mon modèle. Son humour, c'était un parachute avec lequel, dépassant la frontière des langues, il posait tout doucement son regard plein d'intelligence sur l'idiotie humaine. Bien sûr, ça faisait un bien fou à mon ego d'être applaudi et adulé comme lui par les gamins. Ça me prouvait même que je possédais un certain talent. Mes trois zigotos russes eux-mêmes faisaient maintenant copains-copains et me servaient d'assistants!

– À Lillienville, et tout de go! répéta Yvanovitch, son satané chronomètre brandi au-dessus de sa tête.

Il se mit à tousser. Je remarquai ses doigts repliés sur l'instrument, doigts auxquels il manquait des ongles.

– Qu'est-ce qui vous est arrivé? m'informai-je en enfilant le manteau qu'il me tendait.

– Aucune idée. Mes ongles et mes cheveux se sont mis à tomber.

Soudain, la porte s'ouvrit bruyamment et Joseph Nordman surgit dans la baraque. Il me pointa avec sa cravache.

– Tu viens avec moi, l'attardé. Tu vas remplacer ton copain interprète qui vient de nous quitter pour Québec.

– Peter n'a rien d'un attardé, répliqua aussitôt mon chef de baraque d'un ton cassant. Il doit m'accompagner à Lillienville.

L'interprète leva sa cravache sur moi d'un geste excédé.

– Il a l'air d'un gosse de quatorze ans. Alors, quand je dis que cette demi-portion est un demeuré, c'est parce que c'en est un!

Yvanovitch était furieux contre Joseph Nordman, mais n'avait rien à redire. Il n'y aurait donc pas de visite aux familles aujourd'hui. Adieu spectacle, rigolade et applaudissements!

Vaguement inquiet, je suivis l'interprète à l'extérieur de la baraque, où il me fallut courir derrière lui pour ne pas le perdre de vue. Le civil marchait à grandes enjambées sans se retourner, l'humeur exécrable. Il s'arrêta devant la petite gare de Spirit Lake, en retrait du mirador, où une sentinelle montait la garde, son fusil à baïonnette sur l'épaule. Nordman enfila sa casquette carrelée et me désigna l'engin bizarre à deux roues installé à cheval sur l'un des rails du chemin de fer. Ça ressemblait à une sorte de motocyclette.

– Ça, c'est un pompeur, grogna-t-il devant mon air interrogateur.

J'avais déjà vu une draisine* abandonnée sur une voie ferrée de service, au nord de Lviv, mais elle comptait quatre roues. Le principe pour la propulser était strictement le même que celui d'une pompe à eau : il suffisait de lever et d'abaisser simultanément l'espèce de levier en T pour que l'étrange chariot se mette à rouler sur le rail. Ça devait être drôlement amusant de le piloter !

– Grimpe, ordonna Nordman. Tu seras mon chauffeur. C'est toi qui actionneras ce pompeur jusqu'à Amos.

L'interprète ne me le répéta pas. Assis derrière moi avec son attaché-case en similicuir noir, il claqua des doigts. Je me mis à pomper vigoureusement. Peu à peu, nous prîmes de la vitesse pour nous éloigner vers l'ouest en longeant le lac, dépassant en moins de temps qu'il n'en faut pour le dire la prison, le village de Lillienville et son cimetière.

* Petit wagon utilisé pour l'entretien des voies ferrées.

Un sentiment de bien-être et de liberté m'envahissait au fur et à mesure que nous nous enfoncions dans cette forêt d'épinettes* rachitiques. Le terrain parfaitement plat simplifiait mes manœuvres et je me défonçais sans compter sur ma pompe, grisé par l'accélération vertigineuse qu'avait prise la draisine.

– Stop! hurla soudain l'interprète à pleins poumons.

Médusé, je poursuivis tout de même mon pompage. Une grande claque derrière le crâne eut raison de mon ivresse de la vitesse.

– Arrête immédiatement, imbécile!

– Mais nous ne sommes pas arrivés! protestai-je en me frottant la tête.

– Nous avons à causer, toi et moi.

Notre chariot bien immobilisé, il sortit de sa poche un paquet de chewing-gums. S'étant servi, il m'offrit une tablette. La gomme à mâcher était aromatisée à la menthe. Tout en broutant, Nordman fixait l'horizon, choisissant avec soin, un à un, les morceaux de mensonge qu'il allait me servir.

– L'armée applique un règlement un peu spécial avec les commerçants du coin, commença-t-il sans me regarder. Il n'y a pas de contrat écrit pour l'achat des denrées. Je négocie tout de vive voix, comme au marché public. Le capitaine Wotton me permet

---

* Nom donné au Québec à l'épicéa.

même de faire des petits profits. Alors, tu la boucles et tu ne me contredis jamais, même si les prix ne semblent pas correspondre à ce que tu entends ou à ce que tu vois. T'as pigé?

Je hochai la tête et il parut soulagé.

– Pourrai-je avoir une petite avance sur ma paie pour acheter de la farine de sarrasin? demandai-je.

Il grogna une onomatopée incompréhensible, qui oscillait entre le oui et le non. Je n'osai le faire répéter et nous reprîmes notre itinéraire. Une demi-heure plus tard, apparut enfin à la sortie d'une longue courbe le toit en pagode de la gare d'Amos. Cette fois, les quais étaient totalement déserts.

– Continue de pomper, idiot, je ne t'ai pas dit de ralentir! fulmina derrière moi Jos Nordman.

– Où sont passés les habitants? m'informai-je.

– Au centre-ville. Le prochain train n'entrera en gare que demain.

La draisine remonta donc jusqu'au cœur du village qui, lors de mon premier passage, m'était resté caché. Nous abandonnâmes notre pompeur sur un rail désaffecté au croisement de la rue principale et de la première avenue, en abord desquelles grouillaient une poignée de citoyens.

Je fis la moue, aussi déçu que perplexe. Quatre magasins, un restaurant, trois hôtels. Était-ce ça et seulement ça, le village d'Amos? Je pivotai à quatre-vingt-dix degrés sur mes talons pour scruter l'horizon avec attention. Des immeubles en lambris de bois, épars, poussés sans ordre apparent, côtoyaient ici les granges, les clôtures et les écuries. En fait, seul l'étroit trottoir de bois qui serpentait le long des devantures m'assurait que ce village de Far West n'avait pas été érigé en rase campagne. Ici et là, des vaches et des chiens en liberté. Là-bas, des enfants qui tiraient un traîneau aux abords du chemin boueux et qui étiraient leur cou pour mieux m'examiner. Plus loin encore, accroupie sur son palier, une vieille femme fumait sa pipe tout en plumant une poule. Une voiture à cheval qui passait dans la rue m'aspergea de gadoue.

– Tu vas attendre saint Nicolas encore longtemps, petit crétin ? hurla Nordman, planté au milieu de la rue, les bras croisés sur la poitrine.

En fait d'insultes, on ne faisait pas mieux ; son vocabulaire français était plutôt enrichi. Je m'empressai de le suivre jusqu'au commerce à toit plat qui trônait au cœur de cette étrange ville champignon. Le nom du commerce était inscrit en grandes lettres blanches tout en haut, directement sur le mur du deuxième étage. « David Gourd, marchand général », lus-je avant de franchir la porte au tintement d'une clochette.

Un homme en liquette et nœud papillon, sans doute David Gourd en personne, un crayon à mine posé sur l'oreille, s'affairait derrière le comptoir à remplir des sacs en papier. À la vue de Nordman, il le salua de la main. La dizaine de clients qui faisait la queue se retourna pour me toiser, mon costume de forçat me servant sans conteste de carte d'identité. Bizarrement, en dépit du fait que je n'aie que quatorze ans, je sentais chez eux une peur viscérale des étrangers, nourrie par quelques préjugés tenaces ou par de stupides ragots. Leurs chuchotements en sourdine se transformèrent peu à peu en une rumeur générale de désapprobation. Quelle humiliation je ressentais d'être dévisagé et étiqueté de la sorte ! J'aurais voulu disparaître dans le plancher.

– Relève le menton, fixe le fond de la salle, avance et souris ! Une attitude digne attire toujours le respect, m'avait un jour chuchoté grand-mère Zabalète à l'oreille tandis que nous faisions la queue dans un Secours populaire organisé par les bourgeois de Lviv et que je croulais sous le poids de ma honte.

Je redressai la tête pour me forcer à sourire niaisement de toutes mes dents. Soudain, mon cœur s'emballa. Je venais de reconnaître dans la file la jeune Amérindienne au béret bleu marine et à la jupe écossaise entrevue sur le quai de la gare le jour de mon arrivée au camp. Son air entendu me rendit instantanément écarlate. Un garçon plus âgé l'accompagnait.

Près de moi, Nordman grognait d'impatience et tapait du pied. Excédé par l'attente, il se faufila jusqu'au comptoir, écartant résolument tous ceux qui se trouvaient sur son chemin. En dépit des protestations qui fusaient autour de nous, il m'entraînait à sa suite en me tirant à bout de bras. Comme je résistais, il me décocha une grande claque derrière la tête. Appuyé sur le zinc, l'interprète se saisit ensuite d'un bocal duquel il tira une pleine poignée de jujubes aussi cramoisis que moi, qu'il avala d'un trait. Gloup! Le sans-gêne faillit s'étouffer. Le commerçant fronça des sourcils mécontents tout en esquissant des risettes et des courbettes de circonstance. L'armée était une grosse cliente. Il ne pouvait risquer de la perdre en même temps que son sang-froid.

– Puis-je avoir votre liste d'emplettes, monsieur Nordman? s'enquit poliment l'épicier dans le français typique du pays.

L'interprète, qui jouait à celui qui n'avait pas compris, fit exprès de lui faire répéter.

– Toujours les mêmes denrées, fit le marchand d'un hochement de tête satisfait. Viande, légumes frais, thé, café, sucre, sirop, sel, poivre, beurre, riz, fèves, fromage, beurre et confitures. Les détenus vous ont-ils chargé d'une commande spéciale, aujourd'hui?

Légumes frais, disait-il? Hum, ce n'était pourtant pas ce qu'on nous servait... J'étirai discrètement le cou vers le second feuillet que l'interprète venait de poser sur le comptoir. Les mots y étaient écrits en ukrainien : « Sarrasin. Chou. Porc. » Le tout souligné à gros traits rouges sous lesquels apparaissait un chiffre : $2, c'est-à-dire deux dollars canadiens.

– Chou et porc, dit Nordman en torturant davantage son français qu'il ne le faisait à l'accoutumée.

– Et sarras… eus-je le temps d'ajouter avant qu'il ne m'écrase impitoyablement le pied d'un coup de talon.

– Aïe ! Mais qu'est-ce que j'ai dit ?

C'était mon pied fraîchement guéri qu'il venait de mettre en bouillie. Le regard assassin que me lança l'interprète et le coup de cravache sur ma cuisse me convainquirent de ne pas insister.

– Ça fera un dollar et cinq cents pour les prisonniers, décréta David Gourd avec un petit claquement de langue satisfait. Comme d'habitude, je facturerai l'armée pour le reste. Si vous patientez quelques minutes, cher monsieur, le temps de servir toutes ces bonnes gens et de préparer votre porc et votre chou, je vous offre une tasse de thé avec une pointe de tarte à la farlouche* que ma femme vient tout juste de sortir du four.

Nordman se tourna vers moi et caressa d'une main nerveuse son attaché-case et sa cravache.

---

* Mélange de raisins secs et de mélasse.

– Attends-moi dehors, l'attardé. J'ai à parler avec M. Gourd de choses qui ne te regardent pas.

– Et mon sarrasin ? tentai-je.

– De-hors ! tonna-t-il, l'index pointé vers la porte. Et si tu tentes la moindre cavale, je peux t'assurer que ton ami Yvanovitch Narychkine va croupir au trou jusqu'à la fin de la guerre !

Je me sentais à nouveau comme une vieille chaussette. Je sortis donc, un sourire emprunté fendu jusqu'aux oreilles.

Spirit Lake, nuit du 13 mai 1915.

Le vent du nord-ouest souffle avec fureur contre les carreaux enneigés de l'hôpital. L'air qui s'engouffre dans le dortoir me donne des frissons, à moins que ce ne soit ma fièvre qui récidive. Bien que la fatigue m'empêche d'ouvrir les paupières, je lutte farouchement pour ne pas m'endormir. La longue plainte du nordet se mêle aux soupirs du soldat Blondin, assis inlassablement à mon chevet, ainsi qu'aux gémissements de mon voisin de lit. L'atmosphère de l'hôpital est lugubre, il y a de quoi te faire frémir. Alors je me concentre sur la bise. J'en cherche le rythme, le refrain. On trouve toujours un air triste dans le souffle du vent, comme on découvre toujours le visage d'un inconnu dans un cumulus gris. L'un et l'autre, le vent comme la musique, sont je crois l'issue désespérée de la pensée des hommes. Petit, je croyais que la tempête, l'ouragan et la tornade étaient causés par la méchanceté humaine – humaine, bien sûr, car comment pourrait-elle être autre? Je le crois toujours. Mamie disait parfois que j'étais visionnaire. Iwan, lui, me traitait de méchant pessimiste. Je sais bien que je ne suis qu'un pêcheur scythe – qui plus est pêcheur de harengs –, et non pas un Viking comme peut l'être mon frère. Iwan le Terrible, mon terrible Iwan, le Varègue dressé face au vent, debout à la proue de son drakkar, ses bras croisés sur le thorax. Comme il me manque.

– Iwan, viens me chercher, je t'en supplie. Viens!

Est-ce moi qui geins ainsi? Ma plainte se mêle à celle de Jozef, couché dans l'autre lit.

Spirit Lake, le 19 avril 1915

À peine m'étais-je laissé choir sur une grosse caisse défoncée, en retrait du magasin Gourd, que la jeune autochtone me rejoignait avec son copain.

– Salut! moi c'est Antoine et elle, c'est Betsie, se présenta maladroitement le garçon, la main tendue vers moi. C'est bien la première fois qu'un prisonnier de Spirit Lake parle français. Viens par là, nous serons plus tranquilles pour causer.

Vêtu et coiffé à la mode des Canadiens, et non comme les autochtones dessinés dans mes livres d'histoire, il s'exprimait avec un léger accent. Ses yeux noirs et bridés pétillaient d'intelligence. Il replaça la mèche de cheveux qui lui encombrait le front, enfonça son chapeau sur sa tête et m'entraîna dans le commerce planté juste en face du magasin général. Betsie suivait, timide et quelque peu effarouchée. L'endroit était désert, aussi le restaurateur s'empressa vers nous.

– Je t'invite à boire une limonade, me lança Antoine en s'installant à une table disposée près de la fenêtre. Ne t'inquiète pas : je t'avertirai quand cette vieille baderne de Nordman sortira de chez David Gourd. Comment t'appelles-tu ?

Une étrange impression de déjà-vu m'assaillit. N'avais-je pas vécu cette saynète dans un rêve récent, dans laquelle je buvais aussi de la citronnade ? Puisque mes hôtes voulaient tout savoir de moi, je dégustai mon breuvage en leur contant ma vie de A à Z. Lviv, la guerre, notre capture, grand-mère, ils buvaient mes paroles en même temps que leur soda au citron.

– Tu as un si joli accent ! m'interrompait de temps à autre Betsie, captivée.

– Je n'ai pas d'accent, c'est toi qui en as un !

Nous riions en improvisant un concert de bulles avec nos pailles. Antoine demeurait aussi magnanime que catégorique :

– Nous savons tous de quelle façon Wotton et Nordman traitent les prisonniers. Tu devrais t'évader,

Peter. Notre clan familial possède un campement de tipis près du rivage, de l'autre côté du lac de l'Esprit. Tu pourrais aller t'y réfugier.

Tandis qu'il parlait, les détails d'un plan grandiose d'évasion s'échafaudaient à toute vitesse dans ma cervelle. Antoine et Betsie me redonnaient le goût de vivre, de rire et de contrer l'injustice qui me frappait. Leurs yeux de velours noir remplis de sollicitude et de respect brillaient dans ma nuit comme un ciel étoilé.

– Pourquoi ce lac s'appelle-t-il le lac de l'Esprit? demandai-je.

– C'est un lac sacré, répondit Antoine d'un air laconique. Plusieurs des nôtres ont aperçu une grosse étoile s'arrêter juste au-dessus. Les sages de mon clan prétendent que des chasseurs se perdent parfois sur le chemin magique que les esprits empruntent pour venir sur la Terre. Il y a une fissure dans le temps, près des barbelés.

Je m'étouffai raide. J'aurais bien éclaté de rire, mais avec tout ce que m'avait confié Yvanovitch, la plus grande des prudences s'imposait.

– Vous y croyez, vous, à cette légende? balbutiai-je.

Antoine pinça les lèvres et jeta un regard interrogateur à sa copine. « On lui dit ou pas? » sembla-t-il lui demander. Il se pencha vers moi, par-dessus la table.

– Nous nous rendons de temps à autre à Spirit Lake pour vendre du poisson aux officiers. Or, voici dix jours, Betsie et moi avons été témoins de l'apparition d'une boule lumineuse au-dessus du lac, m'assura-t-il en baissant la voix d'une octave. C'était en plein jour. On aurait dit une lune percée de petits hublots. Et derrière ces hublots, crois-moi si tu veux, il y avait des têtes.

– L'étoile avançait en silence en laissant derrière elle un halo de lumière verte, poursuivit son amie en me voyant déglutir. C'était joli, ça ressemblait à une longue traîne de satinette.

– On jurerait que vous avez vu un nouveau proto-type d'aéronef inventé par les frères Wright! m'excla-mai-je.

– Si l'Esprit t'entendait! rigola Antoine.

– Celui-là était bon, rectifia timidement Betsie. Mais les sages disent qu'il y en a aussi de très mauvais, qui rendent affreusement malades et qui tuent. Les cheveux et les ongles te tombent, tu te mets à vomir...

Je pensai aussitôt à Yvanovitch qui perdait ses ongles. La jeune fille se leva et replaça soigneusement un à un les plis creux de sa jupe:

– J'irai à Spirit Lake vendredi matin avec mon père pour vendre du poisson. Attends-moi devant l'hôpital, nous bavarderons. Va vite rejoindre Nordman, main-tenant. Regarde, il te cherche.

Elle ne me le répéta pas. Je franchis la porte au pas de course. L'interprète me jeta un coup d'œil bizarre en apercevant mes nouveaux camarades dans l'embrasure de la porte.

– Veinard ! Je lui ferais pas de mal, moi, à cette belle sauvagesse, grogna-t-il.

« Elle aime pas les crapules de ta sorte, vieux chnoque ! » me retins-je de lui répondre, les poings serrés.

Le malotru était de fort bonne humeur. J'ignorais ce qu'était au juste de la farlouche mais, chose certaine, cet ingrédient magique dont s'était servi la femme du marchand dans la confection de sa tarte avait un effet euphorisant. Notre retour à Spirit Lake se ferait donc sans trop d'embûches. Nous remontâmes sur la draisine.

– Iwan Nikolaiczuk et toi avez reçu du courrier hier, dit Jos Nordman tandis que je pompais. Il faudrait bien que tu te décides à aller le récupérer au bureau de poste.

Du courrier ? J'ouvris la bouche, mais aucun son n'en sortit. Qui d'autre que grand-mère aurait bien pu nous écrire dans ce *no man's land* ? Elle était sans conteste la seule personne au monde à connaître l'endroit où nous étions. Je ne doutais pas qu'on lui ait remis l'une des lettres qu'Iwan et moi lui avions fait parvenir depuis notre arrivée. Des lettres sans mention de domicile et adressées à la seule intention du « général Wotton de la ville de Québec ».

« Deux envois par semaine pour chacun des prisonniers, affranchissement gratuit », précisait une pancarte installée à l'entrée du bureau de poste de Spirit Lake. Une bouffée de chaleur se diffusa dans mon thorax.

« Le général Wotton lui a remis nos lettres, pensai-je en décuplant mes coups de pompe. Cet énergumène n'est donc pas aussi méchant qu'il en a l'air. »

Un gros rocher flanqué de trois épinettes apparut soudain à l'entrée d'un petit virage. Je reconnus l'endroit.

– Nous arrivons dans quatre minutes, m'assura tranquillement Nordman.

J'augmentai encore l'effort physique, impatient de courir au bureau de poste. La courbe fut franchie en un temps record, ainsi que la longue lignée des dix poteaux téléphoniques plantés de chaque côté de la voie, en pleine forêt. Un nouveau virage, un nouveau rocher flanqué de trois épinettes… tableau étrangement identique au précédent. Je suais à grosses gouttes pour garder ma vitesse maximale. À nouveau, une longue file de poteaux – exactement dix de chaque côté du chemin de fer – ainsi qu'une nouvelle courbure avec un énorme rocher et son trio de conifères. Avais-je la berlue ?

– Quelque chose ne va pas, murmurai-je, la tête tournée vers l'interprète. On dirait bien que nous sommes piégés.

Les yeux fixes et ahuris, Nordman mordait le rebord de son chapeau.

– N'arrête pas de pomper, s'étrangla-t-il, terrifié.

De précieuses minutes passèrent encore à tenter d'échapper à cette maudite courbe et aux poteaux de téléphone. J'étais en nage. Je finis par immobiliser la draisine, essoufflé, découragé et totalement épuisé.

– Séparons-nous, proposai-je. Vous marcherez vers le village d'Amos tandis que moi, j'irai vers Spirit Lake. Le premier qui trouvera du secours viendra chercher l'autre.

– Entendu. Mais gare à ton copain Yvanovitch si tu ne reviens pas au camp. Je te jure qu'il crèvera dans son trou, t'as pigé? Je te donne exactement une demi-heure pour me retrouver.

Jos Nordman sortit sa montre en or du gousset intérieur de son paletot.

– L'heure s'est arrêtée, constata-t-il en pâlissant davantage.

Nous abandonnâmes la draisine sur le rail. Je partis vers l'est, l'interprète vers l'ouest, chacun s'appliquant à marcher au milieu de la voie ferrée. Nous avions l'air de deux cow-boys qui s'éloignaient l'un de l'autre pour mieux dégainer.

Un étrange silence régnait sur le bois, silence gêné par le seul bruit de mes pas et les cognements de mon muscle cardiaque essoufflé par l'effort. Peu à peu, une peur sourde m'envahit. Je repensai à ces chasseurs amérindiens dont m'avaient parlés Antoine et Betsie, perdus à jamais dans une fissure du temps. Le paysage irréel, un peu aplati, aurait très bien pu me faire croire que j'étais également prisonnier dans un tableau de Van Gogh ou de Cézanne. Au bout de quelques minutes, après avoir remonté le virage maléfique, je reconnus avec effroi Nordman qui venait dans ma direction. Comment cela était-il possible ? Il était parti dans la direction opposée ! Quand l'interprète me vit, il commença à s'arracher les cheveux, son visage défiguré par la panique.

– Nous sommes coincés dans le temps, gémit-il en me rejoignant. Je n'aurais pas dû m'engager dans l'armée. On m'avait averti qu'il se passait des choses bizarres par ici. Neuf détenus sont devenus cinglés, sans parler de tous ces militaires qui prétendent avoir vu des fantômes et qui ont supplié leur état-major de leur accorder un transfert !

La perspective de passer l'éternité à errer entre la courbe, le rocher et les épinettes avec cet énergumène ne m'enchantait guère. « Tout problème trouve sa solution », aurait dit mamie. Las, visages tournés en direction du lac de l'Esprit, nous nous assîmes sur le pompeur dans l'attente de je ne sais quelle idée géniale qui nous sortirait de notre pétrin temporel. Je me creusais la cervelle quand soudain, un terrible meuglement nous fit tressaillir.

Relevant la tête, je vis un train surgir au bout de la voie ferrée. La machine infernale fonçait droit sur nous à une vitesse faramineuse. Tandis que l'effroi me pétrifiait comme une statue de sel, l'interprète eut tout juste le temps de plonger hors des rails pour échapper au monstre de fer. « Trop tard pour moi », pensai-je.

Quand on a peur, il est impossible de hurler, la voix se bloque quelque part dans le gosier. Je me plaquai les paumes sur les yeux. Deux, trois secondes passèrent. Rien, toujours rien. J'écartai un à un mes doigts pour dégager mes paupières. Le train me passait carrément dessus, mais je ne ressentais aucune douleur, sinon le souffle d'un vent glacial qui m'ébouriffait les cheveux. En même temps, tandis que le tortillard m'écrabouillait, je voyais à travers lui les épinettes de l'autre côté de la voie. « Un train fantôme », compris-je, abasourdi.

Le train roulait à une vitesse à ce point fantastique qu'il m'était impossible de lire les grandes lettres bleues imprimées sur sa carcasse de fer ou d'en comptabiliser les wagons. Locomotive et fourgons semblaient enchâssés les uns dans les autres en un seul et long véhicule argenté. Le train disparut aussi vite qu'il était apparu. Tandis qu'il s'éloignait, je vis dans l'immense fenêtre du dernier wagon un vieillard à la longue chevelure blanche qui me regardait fixement, une paume levée vers moi. Ses vêtements brillaient comme du métal ou de l'argent poli. Le convoi disparut dans la courbe du temps sans même ralentir.

L'incident n'avait duré en tout et pour tout qu'une dizaine de secondes, mais mon cœur en aurait pour des heures à s'en remettre. Je réalisai subitement dans quel terrifiant silence s'était déroulée la scène. Mon regard revint sur mes mains, mes bras, mon visage, intacts, que je tâtai avec circonspection. Malgré l'impossibilité physique de la chose, la draisine se trouvait toujours en un seul morceau sur le rail, à l'endroit exact où le train infernal venait de passer. Un bruit diffus envahit l'épais bosquet, comme si celui-ci renaissait peu à peu à la vie. Le chant des oiseaux, le tambourinement d'un pic-vert, le bruissement du vent au faîte des conifères se firent à nouveau entendre.

Nordman s'était relevé. Il enfila sa casquette, épousseta d'une chiquenaude la neige sale qui tachait son manteau de tweed et grimpa derrière moi sur le pompeur, son attaché-case vissé dans une main et sa cravache dans l'autre.

– Maintenant, en route! dit-il simplement, après s'être raclé la gorge.

Cette fois, les épinettes laissèrent miraculeusement place au lac. À l'horizon, aussi plat qu'une assiette, se profilait enfin la petite gare militaire de Spirit Lake, le mirador et le mur du champ de parade. Nous étions sains et saufs.

– Croyez-vous qu'il s'agissait d'un train fantôme? demandai-je en immobilisant le pompeur. Un fantôme, ça vient du passé tandis que lui semblait sortir tout droit du futur.

– Qu'est-ce que tu racontes, abruti? cracha l'interprète, en jouant avec sa cravache.

– Ce train que nous avons vu...

– Quoi? Quel train?

– Nous étions prisonniers dans le temps, vous ne vous souvenez pas? insistai-je.

– Je ne sais pas de quoi tu parles, triple idiot.

– Mais vous vous êtes bien jeté en bas de la draisine pour échapper à quelque chose, non?

– Pas du tout, c'est une bourrasque de vent qui m'a poussé.

Je pâlis d'un coup. Avais-je perdu la raison comme ce type tentait de me le faire croire? Étais-je devenu fou à l'exemple de tous ces détenus qu'on avait fait enfermer? Je connaissais les hallucinations dont souffraient les équipages des navires trop longtemps nourris de salaisons. Peut-être avais-je trop mangé de bacon avarié, moi aussi? D'un regard anxieux, je cherchai les marques de dents fichées sur le rebord de sa casquette. Je crus les trouver. Elles me prouvaient que je n'inventais rien. Comme Yvanovitch, le bonhomme se protégeait de l'asile de Saint-Jean-de-Dieu, avec ses camisoles de force et ses électrochocs. Instinct de survie, quoi. Tout le monde dans ce camp de détention avait sans doute été témoin d'un truc anormal, voire inexplicable, relié à la malédiction qui planait sur le lac sacré.

D'un geste raide, le traducteur me déposa dans les bras deux paquets ficelés, enveloppés dans du papier kraft.

– T'es dans le coma, crétin ? Ça fait deux fois que je te dis d'aller livrer ces victuailles à la cuisine des détenus, cracha-t-il. Dis-leur que j'ai tout dépensé. Et n'oublie pas d'aller chercher ton courrier, hein ?

Mon courrier ? Notre mésaventure m'avait fait oublier le plus important : le bureau de poste ! Je m'exécutai au triple galop.

– Voici le porc et les choux, dis-je au chef des cuistots ukrainiens en les lui balançant dans les mains. M. Nordman a tout dépensé.

– Quoi ? Il ne reste pas un sou ? rugit mon interlocuteur, vert de colère. Et mon sarrasin, il l'a oublié, mon sarrasin ? On m'en réclame à chaque repas !

Pressé de me rendre au courrier, je n'avais pas le temps d'écouter davantage ses atermoiements. Et moins encore de réfléchir à une réponse valable.

– Il a tout dépensé, ça a coûté exactement un dol-lar et cinq cents! lançai-je, sûr de moi, avant de refermer la porte.

Je me précipitai à la baraque qui servait pour la distribution du courrier. Un soldat y estampillait des lettres, assis devant un amoncellement de paperasses. Les innombrables casiers fixés au mur débordaient d'enveloppes et de colis ouverts, tous savamment inspectés. Les règlements du camp permettaient en effet aux prisonniers de Spirit Lake de recevoir la correspondance qu'on leur adressait, à condition, bien sûr, que la censure l'ait préalablement vérifiée. Et la censure, ici, se personnifiait sous les traits de Joseph Nordman, secondé par sa fidèle équipe de soldats. Le premier épluchait les lettres en langues étrangères, tandis que ses sbires déballaient et fouillaient les colis, confisquant l'argent, les limes en métal ou autres articles défendus camouflés dans la nourriture ou sous les vêtements.

– Peter Gaganovitch? fit le soldat postier. Oui, j'ai bien un colis pour toi.

Il me remit une boîte de la grandeur d'un carton à chaussures, adressée à mon nom et à celui d'Iwan. Les caractères en pattes de mouche n'avaient rien de commun avec la grande écriture élégante de grand-mère. Intrigué, je déballai le paquet déjà déficelé pour y découvrir un sac de papier, que j'ouvris. Il contenait une substance ressemblant à de la poudre grise.

– De la farine de sarrasin! m'exclamai-je, aba-sourdi.

Aucune lettre ou note manuscrite n'accompagnait l'envoi, non plus qu'un indice qui aurait pu trahir l'identité du mystérieux envoyeur. Ce paquet semblait pour le moins providentiel. Fini le ramassage de vieilles croûtes! L'élément vital pour mon évasion venait d'être trouvé! Je remballai le tout, bien résolu à mettre mon plan à exécution. Demain, à moi la liberté!

Spirit Lake, nuit du 13 mai 1915.

À nouveau cette affreuse plainte, cette supplique terrible qui sort de mes lèvres :

– Iwan, viens me chercher, je t'en supplie.

– Mais ne sais-tu pas encore que ton ami Iwan est mort ? me souffle soudain Blondin à l'oreille.

Doucement, si doucement. J'ouvre les yeux, terrifié. Assis à mon chevet, le militaire m'empoigne la main. Férocement.

– Le capitaine Wotton n'a jamais eu l'intention de faire comparaître Iwan Nikolaiczuk comme principal témoin contre le colonel Rodden dans l'affaire du trafic de bois de chauffage, m'explique-t-il à mi-voix. Wotton savait que ton copain aurait tout nié. Iwan l'aurait plutôt accusé, lui, d'avoir organisé cette magouille avec son complice Jos Nordman.

– Iwan n'est pas mort ! Le capitaine m'a dit qu'il s'était enfui ! que je crie.

– Mon copain Ben était sur le train de Québec ; il a tout vu, rétorque Blondin. Le capitaine a fait stopper la locomotive en pleine nature. Il a ordonné à Iwan de descendre, ce que ce dernier a refusé de faire. Alors, Wotton l'a poussé hors du train en le menaçant avec son arme. « Fiche le camp ! » qu'il a dit. Iwan s'est réfugié dans la forêt, mais l'autre l'y a poursuivi. Ben a entendu un coup de feu. Wotton est remonté dans le train quelques minutes plus tard en prétendant qu'Iwan avait pris la fuite. Mais tous les soldats savent que le capitaine est un champion de tir au vol.

– Vous mentez…

– Ouais, je crois bien que j'ai trop parlé, moi.

À son souffle précipité, je comprends que Blondin regrette de m'avoir révélé la vérité.

Iwan est mort. Je voudrais hurler. Mon frère a été trahi par Wotton et par la vie. Son « je pense donc je suis », c'était de la bouillie pour les chats. Après toutes ces années de jeu de « c'est à qui serait le plus optimiste », c'est finalement moi qui avais raison : il n'y a pas de paradis, le paradis de mamie n'a jamais existé. Sinon comment Iwan aurait-il bien pu se fabriquer une fin si tragique ? Je voudrais pouvoir croire en Dieu et en Jésus, comme me l'a enseigné le petit catéchisme, mais j'en suis incapable. Je tente de me convaincre qu'il y a une autre vie après celle-ci, une vie où l'on revoit tous ceux qu'on a aimés. Peut-être me suis-je également inventé ces visites de grand-mère pour me consoler de son départ? Je suis bon pour l'asile de Saint-Jean-de-Dieu. Je veux hurler. Je crois que je hurle. Lentement, la mélodie du vent se transforme en une musique qui, de timide, s'amplifie jusqu'à devenir grandiose pour couvrir mon cri.

Spirit Lake, le 20 avril 1915.

J'avais enfilé tous mes vêtements les uns sur les autres : ma salopette sur mes pantalons, mes deux chemises sur mon chandail, mes deux paires de bas de laine, mes cinq caleçons. On aurait juré que j'avais engraissé de cinq kilos. Mes poches étaient remplies à pleine capacité de mouchoirs et de croûtes de pain rassis.

Mon précieux sac de farine de sarrasin serré contre moi, je rejoignis Yvanovitch. Ce matin-là, celui-ci était chargé de distribuer aux familles du village le courrier qui leur était destiné. Le cartographe toussait à s'en arracher la gorge. Après m'avoir toisé de haut en bas, il m'obligea derechef à me défaire de mon surplus de vêtements.

– C'était pour mon numéro de clown, protestai-je vivement en me dévêtant de mauvais gré.

– Un tour de prestidigitation à la fin duquel tu t'évapores? devina-t-il. Et cette farine, j'imagine que c'était de la poudre d'escampette ou de perlimpinpin? Le vieux Et-que-ça-saute n'est pas si bête que tu crois, allez!

J'arrivai donc au village dépité, avec mon seul sac de sarrasin. Tandis que mon responsable de baraque s'occupait entre deux quintes de toux de faire l'appel des destinataires du courrier, les gamins se mirent à sautiller autour de moi comme des sauterelles. Ils eurent tôt fait de découvrir le sac dissimulé dans la poche de ma canadienne.

– Peter nous a apporté du sarrasin! s'exclamèrent-ils.

Il n'en fallut pas plus pour que leurs mères, ravies, éparpillent la fausse rumeur comme une traînée de poudre.

– Non, c'est que... tentai-je.

Je ne parvins qu'à balbutier des monosyllabes indistincts. Mes trois lascars russes me dévisageaient avec émotion.

– Quelle générosité, Peter! Notre ultimatum ne tenait plus, tu le sais bien, m'assurèrent-ils en me tapotant l'épaule.

Du sarrasin! Tous m'embrassaient, tous s'embrassaient. C'était la fête. Il aurait été odieux de leur refuser une joie pareille. On alla chercher le bol, le poêlon de fonte, la graisse et le sirop sucré, on mélangea la farine avec l'eau, on se pressa avec impatience autour des cuisinières affairées. Déjà, l'arôme des galettes emplissait la baraque. On accourait des autres isbas pour partager le maigre festin, qu'on savourait en s'extasiant. J'avais l'appétit coupé à la pensée qu'il ne resterait plus une seule poussière de farine pour mon évasion, laquelle venait d'être purement engloutie par une bande de pauvres affamés. Yvanovitch me prit à part.

– Te voilà bien pâle, Gaganovitch. J'espère que tu n'as pas attrapé ma grippe. Va donc prendre l'air, je te garderai une galette. Ah ! J'oubliais : y a du courrier pour toi et Iwan, veinard.

Encore ? Il me déposa dans la main une lettre décachetée. Les soldats de la censure l'avait recollée avec un bout de ruban adhésif. Aussitôt, je reconnus sur l'enveloppe les caractères en pattes de mouche de mon envoyeur du colis de sarrasin.

Je m'installai dehors, près de la porte, pour déchirer fébrilement l'enveloppe. Quelque chose tomba à mes pieds. Je me penchai pour ramasser sur la neige un minuscule cœur en or. Le mien se serra d'effroi quand, ouvrant le bijou, je reconnus la photographie de mon grand-père. Pris de tremblements, mes doigts eurent peine à déplier la lettre, qui craqua sous le froid. Elle était écrite en français.

Ville de Québec, le 17 février 1915

Nous avons le regret de vous informer du décès de dame Irène Zabalète, survenu

en cette ville le 16ᵉ jour du mois courant...

La violence de la douleur me plia en deux. Je tombai à genoux en gémissant un long « non » suppliant. Puis, au prix de mille efforts, je poursuivis l'abominable lecture.

L'incinération du corps a été effectuée le même jour en présence des autorités compétentes. Vous trouverez ci-joint, en envoi séparé, les cendres de la défunte, laissée sans famille. Ledit P.-H. Zabalète, cousin supposé de la défunte, a nié tout lien de parenté avec celle-ci. Nous vous prions, messieurs, d'accepter nos plus sincères condoléances.

Signé : général M.-W. Wotton

Mains sur le visage, j'éclatai en sanglots désespérés. Ensuite, tout devint vague. Ce qui arriva, ce qui m'arriva, me demeure encore nébuleux. Je me vois foncer sans plus réfléchir en direction du lac de l'Esprit, m'enfuir en plein bois comme le forcené que j'étais devenu, avec une seule idée en tête : m'esquiver par le chemin des esprits pour rejoindre Iwan à

Québec. Mon sauve-qui-peut se fit à la face même des militaires armés qui gardaient Lillienville.

J'entendis crier mon nom – était-ce Yvanovitch qui avait trouvé la lettre? –, un coup de feu résonna, mais je poursuivais néanmoins ma course folle, comme pour fuir la douleur insoutenable qui me dévorait de l'intérieur. L'enfer de Dante, les flammes abominables qui me brûlaient, la souffrance pure qui me déchiquetait, tout cela, je le possédais maintenant en moi. Je tombais sans fin au tréfonds du désespoir, j'étais entraîné dans un tourbillon de douleurs gigantesques qui me feraient assurément, et j'en étais convaincu, perdre la raison et mourir de peine dans la minute qui viendrait. Tu ne croiras jamais pouvoir survivre à la perte de l'être qui t'est le plus cher. Et pourtant, c'est cela même, tu verras, qui te rendra plus fort.

J'errai un moment en pleine forêt, me heurtant aux arbres, tombant, me relevant, mes pieds s'enfonçant dans la neige intacte qui dormait encore sous les grands arbres gelés. Découvrant le chemin de fer, je repris ma fuite le long des rails, jusqu'à l'énorme rocher flanqué de trois épinettes. Je reconnus l'endroit. Là-bas, à ma gauche, s'avançait la courbe du temps qui s'arrête, le tunnel du passé-futur, le chemin magique des esprits du lac. Il m'invitait et j'y courus. Je me figeai au milieu, essoufflé, hébété, pour me laisser finalement choir sur la voie ferrée, à attendre je ne sais quoi. Agenouillé par terre, le visage entre les mains, je laissai couler à nouveau mon trop-plein de chagrin pour éviter qu'il me noie de l'intérieur.

– Ils ont mangé les cendres de mamie, hoquetai-je, le petit cœur en or serré dans la paume. Ils en ont fait des galettes !

Un grand éclat de rire me fit alors relever la tête. J'arrondis les yeux, éberlué.

Plantée au milieu des rails, mamie était là, debout à deux mètres de moi. Je me frottai vigoureusement les yeux. Elle était toujours là, radieuse, en chair et en os et me considérait d'un air franchement moqueur.

En dépit du froid printanier et de la neige qui persistaient, elle n'avait revêtu qu'une robe d'été, la plus fraîche et la plus jolie de toute sa garde-robe. Celle à fleurs délicates, bleues sur fond blanc, et que je lui connaissais puisqu'elle l'avait elle-même confectionnée dans l'ancien rideau du salon. La chaîne d'un petit sac à main en perles identique à celui d'Anna pendait à son poignet.

– Mamie !

Je bondis sur mes jambes pour courir vers elle. Je la soulevai de terre et l'étreignis en pleurant tandis qu'elle me caressait les cheveux. Je humai son parfum, le nez enfoui dans son cou.

– Te voilà qui pleure encore, mon trésor. Mais je suis là, je serai toujours près de toi, tu le sais bien, mon Peter.

– Ils disent que tu es morte!

– « Rien ne se perd, rien ne se créée. » C'est la loi de Lavoisier, récita-t-elle, l'index brandi vers le ciel. La mort est une illusion. Tout se transforme au mieux, tu verras.

– Mais ils ont mangé tes cendres! insistai-je en la reposant sur ses pieds, vaguement furieux qu'elle amenuise mon chagrin.

Grand-mère s'esclaffa à nouveau. La situation lui paraissait si loufoque! Si loufoque, en fait, qu'à la voir rigoler je finis moi-même par l'imiter. Mais mon fou rire, nerveux et caverneux, sonnait faux. J'étais si perturbé quand j'y pense…

– Tu confonds tout, me gronda-t-elle gentiment en épongeant mes yeux avec le mouchoir de dentelle sorti de son sac à main. Mon corps n'est pas moi; c'est seulement un vieux vêtement.

– Eh bien, ils l'ont tout de même avalé! ripostai-je.

– N'est-ce pas merveilleux? s'exclama-t-elle, ravie, les mains jointes d'attendrissement. Grâce à cette vieille fripe, j'aurai contribué à nourrir des gens et à les rendre heureux. Je me suis fondue en eux, c'est si extraordinaire!

La voilà qui recommençait à me bombarder de

superlatifs, de « merveilleux », d' « extraordinaire »!
Quelle manie!

– Ouais… admis-je du bout des lèvres, nullement
convaincu par l'argumentation.

– Je dois partir, annonça-t-elle avec autorité.
Renonce à suivre le chemin des esprits. Si tu promets
de retourner sagement à la baraque quatre, je vien-
drai t'y rendre visite.

Quel choix me laissait-elle? Le cœur serré, je promis puis l'embrassai. Mamie me tourna le dos et je la
vis disparaître dans la courbe, s'évaporer pour ainsi
dire, par ce même chemin magique qu'elle avait pris
pour venir à ma rencontre.

– Comme dirait Yvanovitch, en route tout de go
pour Spirit Lake! m'ordonnai-je.

Je fis volte-face, pivotai à quatre-vingt-dix degrés
pour prendre le côté opposé, m'avançant sur les
montants du chemin de fer avec mon précieux
médaillon serré au creux de la paume. Je souriais. Le
Chant de la liberté montait dans ma tête et éclatait sur
mes lèvres, *fortissimo*.

L'enfer n'était plus. Un étrange bonheur m'avait
gagné, une sécurité, une certitude qui ne me quitte-
rait plus. Rien ne se perdait qui ne créait ailleurs.
Mamie vivait encore, et plus intensément même
qu'elle ne le faisait auparavant. De quoi aurais-je
peur si cela, je le savais?

Derrière moi, un train siffla. Je tressaillis à peine. Sans me retourner, je me contentai de chanter à tue-tête pour assourdir le beuglement, jugeant inutile de m'écarter de la voie au passage d'un tortillard fantôme qui m'avalerait dans une minute sans aucun dommage. Je poursuivis mon chemin vers Spirit Lake du même pas tranquille qui ramène chez lui le condamné à mort venant de réchapper à sa sentence. Soudain, un long bruit de frein crissa en catastrophe dans mon dos. Je me retournai, surpris.

Une locomotive du Transcontinental venait de s'immobiliser à dix centimètres de moi. Dans sa cabine, le teint livide, un vieux conducteur me fixait, les mains plaquées sur sa bouche torturée par l'effroi. Subitement, je reconnus à ses côtés le capitaine Wotton. Imperméable noir, képi et petites lunettes, pas de doute, c'était bien le jumeau du général. Il revenait de son périple à Québec, dont le but avait été de faire relever le colonel Rodden de ses fonctions. Mon cœur s'affola de joie : sans doute Iwan, qui l'accompagnait comme principal témoin dans cette sale affaire, se trouvait-il dans l'un des wagons, puisqu'il aurait refusé de collaborer au mensonge. Le capitaine se fouettait nerveusement la paume avec la paire de gants en cuir qu'il tenait à la main. Je vis des flammèches zigzaguer dans ses pupilles sombres.

– Mais c'est notre cher Peter Gaganovitch! s'exclama-t-il d'une voix de fausset. Vous n'avez pas envie de nous fausser compagnie comme l'a fait votre camarade, n'est-ce pas?

Mon camarade? Mais qu'est-ce qu'il racontait, celui-là?

– Vous voyez bien que je retournais au camp de Spirit Lake, me défendis-je sur un ton agressif.

Les yeux fixés sur moi, l'officier ébaucha un sourire méprisant. Il descendit solennellement le marchepied de la locomotive comme s'il s'agissait d'une estrade d'honneur. Parvenu à ma hauteur, d'un grand geste, il me souffleta le visage avec sa paire de gants. Je le regardai en me frottant la joue, sans parvenir à comprendre ce qui l'avait motivé. Il se tourna vers le conducteur.

– Je vous avais bien dit que cet abruti était fait de chair et d'os, monsieur le cheminot! Sinon, comment aurais-je pu le gifler? N'ai-je pas eu raison de vouloir immobiliser votre train? lança-t-il d'un air suffisant. Sans mon intervention, nous aurions cabossé votre locomotive en frappant cet idiot!

– Oui… oui, capitaine, bégaya l'autre.

– Et mettez-vous bien dans la tête, espèce de vieil ivrogne, qu'il n'y avait personne d'autre sur la voie. Vous entendez: personne!

Les yeux du capitaine Wotton pénétrèrent les miens.

– Eh oui! Votre ami Iwan Nikolaiczuk a pris la clef des champs. Il a bien mal choisi son moment pour s'esquiver, l'imbécile : juste après notre départ de Spirit Lake! Il n'a donc pu témoigner devant la cour martiale contre le colonel Rodden...

Wotton dégaina le revolver qu'il avait au ceinturon et le braqua sur ma tempe.

– À présent, Gaganovitch, que diriez-vous si je vous ramenais à votre chenil?

Il me fallut grimper dans la cabine du conducteur de la locomotive, l'arme braquée contre la nuque.

Spirit Lake, à l'aube du 14 mai 1915.

Un murmure un peu lugubre me tire du sommeil. *Resquiescat in pace.* C'est du latin. Le jour se lève sur mon visage. Je devine sous l'épais enchevêtrement de l'ombre l'ambre du matin qui pointe. Un affreux goût de médicament me tord la bouche.

Vêtu d'une soutane noire et d'un scapulaire violet, un homme d'Église est penché sur moi. Près de lui, un enfant de chœur l'assiste, goupillon à la main, le visage emmitouflé sous un épais capuchon. Sans doute a-t-il mon âge, mais je le trouve un peu ridicule dans son aube trop serrée. Le prêtre me ferme les yeux d'un geste raide puis se met à oindre ma bouche, mes narines, mes oreilles et mes paupières avec je ne sais quel liquide mouillé. C'est une sensation plutôt désagréable.

– Dieu garde Peter Gaganovitch en ses très saintes heures, prononce-t-il en français d'une voix forte. Soldat, faites venir le médecin pour rédiger l'acte de décès.

Est-ce de moi qu'il est question? En dépit de tous mes efforts, il m'est impossible de bouger ou de parler. Je tente d'entrouvrir un œil: rien à faire, il me le referme aussitôt. J'entends gémir Blondin.

– Peter est m... mort? bégaie-t-il.

– Peter est mort, répond l'autre.

Je suis mort? Et vite, le prêtre s'empresse de remonter le drap sur mon visage. Je lutte contre une envie irrésistible de dormir. Mon corps s'engourdit.

J'entends des pas qui s'approchent. Je reconnais l'odeur de tabac froid des cigarillos du major. Je sais que je ne dois pas le juger. Il n'empêche que j'associe maintenant son odeur à celle des pleutres. Je discerne la lueur d'une lampe à huile à travers la blancheur du drap posé sur mon visage. Je respire mal. Les chuchotements autour de mon lit s'amplifient pour devenir de plus en plus perceptibles.

– Ah, docteur, vous arrivez enfin! Je suis le vicaire Ménard, le bras droit de l'abbé Dudemaine de la paroisse d'Amos. Le jeune Peter vient de rendre l'âme.

– Une mauvaise chute, je n'ai rien pu faire, s'excuse le major Williams d'une voix trop forte. Sans compter cette maudite tuberculose qu'il a contractée...

Mais qu'est-ce que ce médecin raconte ? Je n'ai pas la tuberculose ! Mais voici que le vicaire en remet une couche. On dirait qu'il veut ameuter tout le camp.

– Cette maladie est vraiment très contagieuse, elle ne pardonne pas ! s'exclame-t-il. J'ai bien peur qu'elle ne se répande dans votre camp comme une traînée de poudre.

– C'est pourquoi j'ai un immense service à vous demander, monsieur le vicaire. Pourriez-vous ramener le corps du garçon à Amos pour l'ensevelir dans le cimetière catholique aujourd'hui même ? Cela évitera peut-être la propagation de la maladie à Spirit Lake.

– Je le voudrais bien, mais je suis venu par le chemin de fer en draisine. C'est mon enfant de chœur que voici qui pompe l'engin. Comment nous y prendrions-nous pour transporter un cercueil ?

– Votre enfant de chœur me semble assez costaud. Nous attacherons une seconde draisine à la vôtre et nous y placerons le caisson mortuaire.

– Ça me semble raisonnable, docteur.

– Voici le procès-verbal de décès dûment signé. Je demande qu'on apporte un cercueil à l'instant. Vous êtes témoin, soldat Blondin ? Et vous aussi, soldat White ?

– Oui, major, répondent-ils de concert.

« Vous vous trompez, je ne suis pas mort! » voudrais-je crier. Mais où sont donc passés grand-mère et Iwan? Ne devaient-ils pas venir me chercher pour ma sortie officielle comme mamie me l'avait promis? On me soulève dans mon linceul, on me dépose dans la boîte.

– Fais le mort, Peter. Wotton veut ta peau parce que tu en sais trop, murmure soudain à mon oreille le major Williams.

Le couvercle du cercueil se referme sur moi. Clac. J'ai l'impression abominable de tomber dans un précipice sans fond. Ce médicament, c'est un somnifère.

Spirit Lake, le 23 avril 1915.

Assis au bord de l'escarpement rocheux, jambes dans le vide, Betsie et moi admirions le paysage de neige fondue qui s'étirait trente mètres plus bas. Un vent léger nous apportait le parfum du printemps et les trilles d'un merle dévergondé. Bien que l'horizon, aussi plat qu'une mer tranquille, n'ait rien de commun avec les pics des Carpates, je le trouvai aussi grandiose.

J'avais rejoint ma copine devant l'hôpital, comme elle me l'avait demandé, la vente de poissons paternels étant un prétexte tout indiqué à sa visite à Spirit Lake. Yvanovitch nous avait laissés seuls, le temps d'obtenir du major en partance un sirop contre la toux qui empêcherait du même coup ses ongles de se prendre pour des feuilles d'automne.

J'annonçai sans façon à Betsie que mamie était morte et qu'elle m'avait visité. Ma copine ne posa pas de questions, se contentant d'empoigner ma main et de la garder prisonnière dans la sienne.

– La mienne aussi m'est apparue en rêve la nuit de sa mort, me confia-t-elle.

Un confortable silence s'installa entre nous.

– J'écris mon journal, lui révélai-je après un moment. S'il m'arrivait quelque chose, je voudrais que ce soit toi qui l'aies.

– Mais que veux-tu qu'il t'arrive ? demanda-t-elle avec inquiétude.

– Je ne sais pas, moi, quelque chose ! rétorquai-je, un peu agacé de n'en rien savoir moi-même.

– Je le garderai à la vie à la mort ?

– Non. Tu cacheras mon calepin à la base de ce gros rocher de quartz que tu vois là-bas et c'est un inconnu qui le découvrira dans un siècle, décidai-je. Je te salue, ô toi lecteur qui me liras dans cent ans !

L'image du vieillard entrevu à l'arrière du train fantôme, et sorti tout droit du futur par le chemin des esprits d'Yvanovitch, ne me quittait plus. Je voulais que cet homme trouve mon carnet ; je le lui destinais. Fort de cette extraordinaire déclaration, j'éclatai de rire en laissant ballotter mes jambes du haut du piton rocheux. Je me sentais parfaitement heureux. Ce moment en était un de paradis, avec l'image du zénith capturée pour toujours dans un recoin de ma mémoire.

Ma rencontre avec mamie au milieu des rails avait calmé mes angoisses les plus profondes. L'enfer n'existait plus, ni les diablotins ni les flammes. Quelque part à Québec, pensai-je à ce moment, Iwan avait trouvé un nouveau paradis et préparait activement mon évasion et celle d'Anna. Notre vie future avec le bébé serait fantastique, mais je ne pouvais rien faire qui puisse en accélérer l'accomplissement. Pour l'instant, le seul bonheur qui m'était accessible, c'était le moment présent, le lac de l'Esprit et la main de Betsie dans la mienne.

Soudainement, un hurlement de rage éclata dans mon dos.

– Peter Gaganovitch!

Je tournai la tête pour reconnaître Joseph Nordman, défiguré par la colère, qui s'avançait vers nous.

– Tu me le paieras cher, sale mouchard! J'ai perdu mon travail à cause de toi! cracha-t-il en fondant sur moi.

Il m'accula plus encore contre le bord de l'escarpement et, cravache levée, commença à me fouetter. Les coups s'abattaient sur ma tête et sur mes épaules, sans que je puisse les éviter. Si je l'avais fait, j'aurais perdu pied. Betsie tenta bien de s'interposer, mais la brute la repoussa avec violence.

– Je n'ai rien fait! tentai-je de le calmer, l'avant-bras plaqué sur le visage.

– Tu as dit aux cuisiniers ukrainiens que les provisions avaient coûté un dollar et cinq cents au lieu de deux dollars, triple idiot! Ils m'ont accusé d'avoir volé le solde de quatre-vingt-quinze cents! Je t'avais pourtant dit de la boucler!

« Demande-lui pardon! » m'exhorta ma petite voix intérieure. « Et quoi encore? Un léchage de bottes, avec ça? » répliqua aussitôt mon autre voix plus bourrue.

– Si je l'ai dit, c'est parce que c'était vrai, répliquai-je, frondeur. Je ne suis pas comme vous, moi: je dis toujours la vérité!

Un coup de pied dans le bas-ventre me coupa le souffle.

Je perds pied. Le temps s'arrête. Ma main tente désespérément d'agripper celle de Nordman. Je vois le visage de l'interprète grimacer, se figer, puis s'effrayer. Je vois ses doigts se tendre pour me rattraper, des doigts que je ne peux saisir. Je glisse. J'entends mon cri sourdre de ma bouche. C'est la chute, la sensation du vide, l'horreur. Et finalement, le trou noir.

Spirit Lake, à l'aube du 14 mai 1915.

Je sommeille à moitié. J'ai peine à respirer dans ce cercueil fermé qu'on transporte cahin-caha, à bout de bras. Mes douleurs à la tête se ravivent. Je réussis tant bien que mal à dégager mon visage du drap étouffant. Je voudrais hurler. La crise de panique vient, je la sens, mais cette fois-ci, elle ne m'aura pas. C'est moi qui vaincrai. Je m'agrippe aux murmures diffus, à ceux du vicaire et de son grand enfant de chœur. « Le major Williams est en train de te sauver la vie, tu dois lui faire confiance. Ne hurle pas, surtout ne hurle pas », m'ordonnent de concert mes deux voix. Elles sont enfin d'accord, celles-là. Iwan et grand-mère Zabalète seront là pour ma grande sortie, mamie me l'a promis. Je m'efforce d'inspirer longuement en comptant jusqu'à quatre, de m'imaginer sommeillant dans une barque, sur la rivière Poltva.

Les paysages de la Galicie défilent soudain devant mes yeux. Les chants diffus des cigales et des oiseaux me parviennent, pêle-mêle. C'est l'été en Galicie. Je m'envole au-dessus du mont Goverla, où broutent des chèvres sauvages qui s'effraient à ma vue, puis je survole Lviv et ses collines fleuries d'acacias et de myosotis. Voici plus loin la tour de l'église de la Dormition, les bâtiments de l'université du XIIIᵉ siècle, puis la place du Marché. Et enfin le parc de Stryï avec ses jardins pleins de labyrinthes qui embaument la sauge. Je contemple avec un bonheur serein ma ville bien-aimée qui baigne dans l'atmosphère dorée du crépuscule, toute pailletée de la lumière des réverbères et des brouillards roux. La fumée blanche monte des eaux de la Poltva et frange ses plages. Rien de mal ne peut m'arriver. Je vole en silence, m'élevant au-dessus des bêtises humaines, comme le grand Charlie Chaplin.

Je réalise soudain que nous roulons. Sous moi, ça vibre et ça tressaute. Mon caisson a sans doute été déposé sur une draisine, qui s'est elle-même mise en branle. Il me semble que nous bourlinguons assez longtemps. Je compte les montants, je cherche les courbes, je trouve des rythmes et des chansons. Ça dure un bon moment. Puis, tout s'arrête.

Le couvercle glisse. L'air froid emplit mes poumons, la lumière du jour qui se lève me brûle les yeux. Des visages inconnus se penchent sur moi. Devant mes paupières clignotantes, je reconnais le vicaire et, à ses côtés, son grand dadais d'enfant de chœur, avec son aube trop serrée. Celui-ci repousse le capuchon qui lui cache le visage. Mon cœur s'arrête. Je reconnais Iwan tandis que la brise m'apporte le parfum capiteux de grand-mère.

Iwan, plus tard, me racontera tout. Le récit que Blondin me fit de sa fausse évasion s'avérait exact, à un détail près : en fait, le projectile de Wotton ne l'avait qu'effleuré. Mon frère s'était écroulé, feignant d'être blessé à mort. Quand le train se fut éloigné en direction de Québec, Iwan attendit encore long-temps, couché dans la neige, le cœur battant. Puis, il s'était levé et avait suivi la voie ferrée pour revenir en direction d'Amos. Il avait marché des heures à la lueur grandiose d'une pleine lune d'argent. Quel héroïsme ! Son courage, c'était la confiance aveugle qu'il mettait dans sa victoire. De ce fait, Iwan provo-quait lui-même bien des miracles.

– Les loups hurlaient, Peter, mais je n'avais pas la trouille. J'étais certain qu'il ne m'arriverait rien de fâcheux. Je me sentais protégé. Je me suis couché en boule au pied d'un arbre, je me suis couvert de branches de sapin et j'ai dormi un petit coup. Sou-dain, j'ai entendu chanter le grand comique Polin, dont on passait parfois les chansonnettes dans les foires de Lviv !

Il avait cru rêver en voyant rouler devant lui un pompeur sur lequel un homme en soutane s'égosillait à tue-tête en chantant *Ah ! Mademoiselle Rose !* C'était le vicaire Ménard qui revenait d'une visite nocturne à un moribond et qui chantait Polin pour éloigner les loups. Ce fut dans le plus grand des secrets que le prêtre avait ramené Iwan à Amos pour le loger au presbytère.

– Un coup de téléphone au major Williams et Ménard avait conclu ton enlèvement ! rigolera Iwan. Le docteur et le vicaire, quel duo infernal ! Mais des deux, je crois bien que c'est le major qui tenait le plus à te sortir de Spirit Lake. Le risque qu'il prenait d'aggraver ton état de santé n'était rien à côté du plan concocté par Wotton pour t'éliminer !

Juin 1915.

Avec l'aide du major Williams et du colonel Rodden – inconditionnellement blanchi de toute accusation de trafic -, Iwan et moi trouvâmes un petit coin de paradis en ce quartier de Montréal qu'on appelle encore Saint-Michel, et où nous restâmes terrés jusqu'à la fin de la guerre. J'y guéris totalement et réappris à marcher, ne gardant aucune séquelle de ma chute. Mais ce paradis, naturellement, n'en était pas un vrai. Il était truffé de pièges, léché par des flammèches de toutes sortes, par les préjugés des gens et leur intempérance. Il n'empêche qu'il y faisait bien chaud. Les pensées d'Iwan le Terrible étaient notre bouclier le plus sûr, ce même bouclier qui avait, en bordure des rails, fait dévier la balle d'un capitaine champion de tir au pigeon. Quant à Wotton, il fut accusé de corruption, perdit ses galons et vit son nom rayé à tout jamais des annales de l'armée canadienne. Ne l'y cherchez pas, vous ne trouverez rien.

En dépit des efforts de nos amis canadiens, il nous fut impossible d'obtenir la libération d'Anna. On nous apprit des mois plus tard qu'elle était morte en donnant naissance à une petite fille que personne, par la suite, ne réussit à retrouver. Ce fut en vain qu'Iwan consacra sa vie à cette recherche.

Yvanovitch Narychkine, Jozef Heilik et Nikolay Kapp survécurent. Tous trois furent libérés sur parole en mai 1916, peu avant la fermeture du camp de Spirit Lake. Le premier, souffrant du scorbut à cause du manque de fruits et de légumes frais, fut hospitalisé par son toubib, le major Williams. Il guérit et ses ongles repoussèrent. Le second, amputé d'un pied, regagna l'Ukraine en compagnie du vétérinaire à la fin de la guerre et retrouva les siens. Notre cher Et-que-ça-saute nous rejoignit à Saint-Michel, où il termina paisiblement ses jours, comme grand-père adoptif de mes propres enfants.

Je n'ai jamais souhaité retourner au lac de l'Esprit. Aussi fus-je grandement étonné de recevoir comme présent, le jour de mon centième anniversaire, un billet de train qui avait pour destination le village de La Ferme. Après la guerre, m'expliqua mon arrière-petit-fils Nicolas, Spirit Lake avait fait place à une ferme expérimentale, remplacée à son tour par le village qui porte le nom de La Ferme aujourd'hui. Je me rendis là-bas en compagnie de celui qui m'avait si gentiment offert ce voyage. C'était en septembre. Les forêts abitibiennes se panachaient de dorures et de pourpres incandescents, qu'allumait plus vivement encore la lumière extraordinaire de ce coin de pays.

Je fus déçu. Il ne restait aucun vestige du camp de concentration. Ni barbelés ni baraque, ni village ni route. Rien. Tout avait disparu, balayé par le temps, aspiré dans le tourbillon d'amnésie collective des hommes, vaincu par cette taïga broussailleuse où poussaient, emmêlés, aulnes, conifères et baies sauvages.

À l'endroit où s'élevait jadis le mess des officiers existait à présent une résidence de religieux de l'ordre chrétien des Clercs Saint-Viateur. Une forêt dense et anarchique avait avalé l'ancien chemin qui reliait le camp à Lillienville, anéantissant désormais tous mes repères. Il me serait dès lors impossible de retrouver le cimetière où j'avais inhumé la galette intacte de mamie – celle qu'Yvanovitch m'avait si précieusement gardée. Seule subsistait encore la voie ferrée. Je me souvins alors du chemin des esprits, du couloir du temps auquel je n'avais guère plus pensé, bien qu'il ait enflammé mon imagination d'enfant pour me sauver du désespoir. Si je souriais aujourd'hui d'y avoir cru, je pleurais davantage en songeant aux visites imaginaires de mamie, que peu à peu j'admis m'être inventées de toutes pièces. « Quand on frôle la mort et qu'on se balade dans le coma, les hallucinations sont choses courantes », m'avait expliqué le major. En vérité, ce n'est pas la mort que j'avais frôlée, mais bien la folie.

Je m'informai auprès de la population locale, aimable et chaleureuse, de l'emplacement exact de l'ancien « bois du capitaine Wotton ». Ces gens m'affirmèrent n'en avoir jamais entendu parler. La plupart ignoraient qu'on avait emprisonné des enfants avec leurs familles à l'orée de leur village.

La colline où s'était jadis juché l'hôpital était devenue un sanctuaire paisible, qu'égayaient marguerites, roses sauvages et boutons-d'or. Une petite chapelle se nichait au creux du roc, déroulant à sa gauche un escalier de pierres des champs, que Nicolas et moi empruntâmes pour monter. La vue qu'offrait le site était la même que celle que j'avais eu le loisir d'admirer huit décennies plus tôt. Le printemps de mon enfance avait néanmoins fait place à l'automne de mes vieux jours. Comme je m'étais toujours ouvertement moqué des vieillards qui s'émeuvent pour des peccadilles ou qui pleurent pour des riens, il me fallut moi-même ravaler des larmes d'émotion. C'était ici que je m'étais assis avec Betsie. C'était là que Jos Nordman m'avait poussé. Puis, je cherchai avec fébrilité le rocher de quartz. Contre toute attente, il existait toujours, enfoui sous les lichens et les broussailles enchevêtrées d'un sous-bois.

Nicolas et moi creusâmes fébrilement le sable jaune et humide. Je tombai finalement sur la boîte en fer-blanc que Betsie y avait enfouie quatre-vingt-six ans plus tôt. C'était un ancien emballage de biscuits, que rongeait goulûment la rouille. Le cœur battant, j'en retirai le couvercle pour découvrir mon cahier noir. Je le feuilletai, ému et tremblotant. Une seule ligne noircissait ses pages gondolées, me laissant sans voix et sans doute. Ces mots étaient écrits de ma propre main :

Je te salue, ô toi lecteur qui me liras dans cent ans !

Toutes les phrases que mamie avait si laborieusement transcrites sous ma dictée avaient disparu. Je
me sentais pareil au gamin qui apprend que ses
parents l'ont floué et que le Père Noël n'existe pas.
Soudain, un feuillet s'échappa du carnet pour tomber
à mes pieds. Sans doute Betsie l'avait-elle inséré à
l'intention d'un futur archéologue. Je le dépliai. Il
s'agissait de la page déchirée d'un ancien journal –
une page nécrologique –, jaunie par le temps et par
l'humidité.

*Est décédé en bas âge un enfant polonais nommé
Kaïa, le 17 octobre 1920 et inhumé le 9 avril de parents
omis à l'acte. John Fraser est témoin.*

Atterré, je compris que cette fillette était celle
d'Iwan et d'Anna, morte à quatre ans, et qu'on avait
inscrite par erreur au registre des décès sous une
fausse nationalité. Voilà pourquoi mon frère, pendant toutes ces années et jusqu'à la fin de sa vie,
n'avait pu retrouver sa trace.

Nous avons repris le train en fin d'après-midi.
Mon arrière-petit-fils m'amena dans le wagon de
queue, où la vue par la grande baie vitrée s'avérait
magnifique. Comme il y faisait tout de même un peu

frisquet, Nicolas insista pour que j'enfile sa veste de Nylon, de couleur anthracite. Le convoi longea le lac bordé de résidences, en suivant un chemin planté de grands saules, arbres qui n'existaient pas à l'époque de mes quatorze ans.

Soudain, frémissant, je reconnus la courbe, le rocher et ses trois épinettes. Quelle ne fut pas alors ma stupeur de découvrir sur la voie, à l'endroit exact où nous venions de rouler, un garçon maigre, misérable et aux yeux cernés, avec de grandes oreilles, juché sur une draisine, qui me regardait fixement.

Post-scriptum

Entre 1914 et 1920, on ouvrit vingt-quatre camps de détention au Canada, dont quatre au Québec. On y interna des prisonniers civils de nationalité ennemie, pour la plupart des immigrants ukrainiens non naturalisés provenant tout particulièrement des régions de l'Empire austro-hongrois, de la Galicie et de la Bucovine. Seuls deux de ces camps abritèrent des familles, dont celui de Spirit Lake, le seul à être considéré comme un véritable camp de concentration.

Le camp de Spirit Lake ouvrit ses portes le 13 janvier 1915 et compta jusqu'à mille trois cent douze prisonniers, qui défrichèrent et essouchèrent cinq cents acres de terre cultivable en vue de l'implantation d'une ferme expérimentale après la guerre. Ce camp de travail ferma définitivement le 28 janvier 1917. On y dénombra officiellement vingt-deux décès.

237

Loi n° 49-956 du 16 juillet 1949
sur les publications destinées à la jeunesse
Maquette couverture : Anne Catherine Boudet
P.A.O. : Françoise Pham
Imprimé en Italie par L.E.G.O. Spa - Lavis (TN)
Dépôt légal : mars 2008
N° d'édition : 151310
ISBN : 978-2-07061443-1